LE VOYAGE DE CHRISTIANA

FAISANT SUITE AU VOYAGE DU PÈLERIN

JOHN BUNYAN

Traduction par
F. E.

TABLE DES MATIÈRES

Préface du traducteur	1
1. On dit du bien de Chrétien après sa mort comme on en a dit du mal pendant sa vie	5
2. Christiana entend la bonne nouvelle	10
3. L'impie se moque de ceux qui cherchent le salut	16
4. Considérations sur la prière	21
5. Le fruit défendu	27
6. Les pèlerins arrivent chez l'Interprète	32
7. Suite aux instructions précédentes	39
8. Miséricorde jouit de l'assurance de son salut	44
9. Considérations sur l'œuvre du Christ	47
10. Exemple de l'Inconsidéré, du Paresseux et du Téméraire	51
11. Difficultés vaincues	55
12. Les pèlerins arrivent à la loge du Portier	60
13. Ils acceptent de passer un mois chez le Portier	65
14. Suites d'une désobéissance	71
15. Prière pour le retour de M. Grand-Cœur.	76
16. Le jeune berger	82
17. Le lion	87
18. Entretien sur le combat	92
19. Suite	98
20. Histoire de Je-Veux	104
21. Les pèlerins chez Gaïus	108
22. Le souper	112
23. Matthieu et Jacques se marient	121
24. La Foire-de-la-Vanité	125
25. Le monstre	130
26. La conduite des bergers envers les faibles	137
27. L'Apostat	143
28. Le Terroir-enchanté	151
29. Demeure-ferme-en-prière	156
30. Le pays de Beulah !	161
31. Christiana traverse le fleuve	165

PRÉFACE DU TRADUCTEUR

Nous nous sommes quelquefois demandé pourquoi les personnes qui ont entrepris la traduction du « Voyage du Chrétien » se sont arrêtées à la première partie de cet ouvrage intéressant. Pour expliquer cette lacune, il faut supposer nécessairement que les traducteurs ont jugé le premier volume comme présentant un travail complet, tandis que le voyage de « Christiana » ne leur a point paru offrir assez d'intérêt pour mériter une place parmi nos publications. Telle n'a cependant pas été l'impression que nous avons reçue après une première et même une seconde lecture de ce livre. Il nous a semblé que cette seconde partie était, non seulement un complément de la première, comme l'indique le titre, mais qu'elle pouvait être, sous la bénédiction divine, un puissant moyen de réveiller les pécheurs, et de nourrir et fortifier la foi des enfants de Dieu. C'est dans la confiance qu'elle atteindra ce double but que nous la publions, après avoir toutefois longtemps hésité et mûrement réfléchi. Il ne faut pas se le dissimuler, c'est une tâche laborieuse en même temps qu'agréable que nous nous sommes imposée. Le traducteur trouve encore une fois l'occasion de confesser que son travail se ressent, comme tout ce qu'il fait, de sa grande faiblesse. Aussi, aurait-il cédé volontiers sa place à quelqu'un de plus habile et de plus exercé, et c'est après avoir laissé écouler un intervalle de plusieurs années qu'il a revu sa traduction en manuscrit, et s'est enfin décidé à la publier. Il compte donc sur l'indulgence de son lecteur pour les imperfections de style qu'il peut y rencontrer. On lui reprochera peut-être avec raison d'être trop esclave de la traduction, d'où il suit que le livre perd de son attrait pour l'esprit, mais non de sa valeur pour l'homme sérieux qui tient plus au fond qu'à la forme. Il a fort bien compris l'inconvénient, et il ne prétend pas que pour conserver à un ouvrage le ton et l'originalité de son auteur, il faille toujours s'en tenir rigoureusement au texte. C'est là précisément que gît la difficulté dans la traduction d'un livre sérieux et profond, unique dans son genre, et un livre qui fut écrit il y a environ deux cents ans. D'autres auraient rendu aux images choisies de Bunyan tout le charme qu'elles ont dans l'original, et auraient présenté de même sa pensée dans une forme de langage beaucoup plus agréable.

Mais, encore une fois, nous n'avons nullement la prétention de satisfaire à toutes les exigences d'un public littéraire. L'ouvrage n'a pas été traduit en vue des gens de lettres, bien que notre désir fût de les rendre également attentifs aux grandes vérités qu'il renferme ; il s'adresse plus particulièrement à une classe de personnes déjà nourries du lait de l'Évangile, et c'est à ces humbles de la terre que nous espérons pouvoir rendre quelque service, en leur donnant la suite d'un ouvrage, qui a déjà produit tant de bien. Les âmes simples arrivent plus facilement à comprendre les mystères choisis que Dieu dérobe à l'intelligence des sages. Quoique notre travail se borne au simple rôle de traducteur, il n'a fallu rien moins que cette dernière considération, dictée par les paroles mêmes de notre Seigneur, pour nous déterminer à faire paraître en notre langue « Christiana et ses Enfants. »

Il ne faudrait pas confondre ce livre que nous venons de traduire, avec un autre ouvrage qui a paru sous le titre de « Voyage et progrès de trois enfants vers la bienheureuse éternité. » Celui-ci n'est qu'une imitation du « Voyage du Chrétien. » Sans méconnaître le mérite de cette production qui vous intéresse et vous captive autant par l'originalité de ses figures, que par le fond sérieux de ses idées, nous croyons qu'elle ne remplit pas le même but et ne saurait avoir la même chance de succès.

Le récit du voyage de Christiana présenté sous la forme d'un songe, nous fait entrer dans les réalités de la vie chrétienne. Quoique appelée dans des circonstances et d'une manière différentes de celles de son prédécesseur, Christiana n'en fait pas moins les mêmes expériences, et doit suivre le chemin de l'humiliation pour arriver à la cité céleste. Ce sont les mêmes luttes, les mêmes aspirations, les mêmes espérances, la même foi, le même bonheur qui sont dépeints dans ce livre ; on y retrouve le même corps de doctrines. Cependant, la vie de Christiana et de ses enfants nous présente de nouvelles phases intéressantes du christianisme pratique ; elle nous fait connaître peut-être d'une manière plus intime les tendresses et les inépuisables compassions de Dieu, en même temps qu'elle nous fait descendre dans les replis les plus cachés du cœur humain. Peut-on voir une image plus saisissante de la miséricorde divine que celle de cette jeune fille justement appelée de ce nom ? Et ces nourrissons qui sont d'abord à un état de régénération, puis de tendre jeunesse et enfin d'adolescence, ne nous montrent-ils pas avec beaucoup de force les progrès spirituels que les élus de Dieu sont appelés à faire ? C'est bien le cas de dire ici que « le sentier des justes est comme la lumière resplendissante, qui augmente son éclat jusqu'à ce que le jour soit en sa perfection,[Prov.4.18] » ou bien avec David : « Oh ! que bienheureux sont ceux dont la force est en toi, et ceux au cœur desquels sont les chemins battus ! Ils marchent de force en force pour se présenter devant Dieu en Sion. [Psa.84.5,7] ». Enfin, n'avons-nous pas dans cette série d'allégories si admirablement choisies et si variées, l'histoire ou le drame le plus complet de la vie chrétienne ? Nous ne craignons pas de le dire, « Christiana et ses enfants » est bien le compagnon du « Voyage du Chrétien. » Dans Christiana, sans négliger les doctrines fondamentales du salut, l'auteur s'attache spécialement à démontrer les écueils que l'enfant de Dieu rencontre sur sa route, en faisant ressortir les devoirs importants que nous sommes trop disposés à oublier quant aux détails de la vie. Le titre du livre, de même que les figures qui y sont employées, peuvent n'exciter d'abord que la curiosité du lecteur ; mais lorsque celui-ci vient à comprendre le rôle important qui est assigné à chacun de ces personnages figurés, il ne peut plus rester indifférent ; il est frappé par la logique du raisonnement aussi bien que par le contraste qui existe entre la vraie foi et les vaines théories d'un faux système, ou d'une religion de forme qui s'adapte au goût de tout le monde. Nous désirerions que chacun voulût reconnaître son portrait dans le tableau que Bunyan retrace avec tant de fidélité, en montrant à l'homme la nécessité de recourir à la grâce et à la puissance divine pour le changement du cœur, et d'accepter le pardon qui lui est offert en Jésus-Christ. Pour peu qu'il soit sérieux et attentif, le lecteur ne sera pas seulement frappé par la force des arguments qui lui sont proposés, mais il sera en quelque sorte confondu par l'autorité de l'Écriture sur laquelle s'appuie sans cesse l'auteur de « Christiana. »

F. E.
Paris, février 1855.

1

ON DIT DU BIEN DE CHRÉTIEN APRÈS SA MORT COMME ON EN A DIT DU MAL PENDANT SA VIE

Le Seigneur plaide en faveur des siens. – Appel de Christiana. – Elle rentre en elle-même. – Elle est convaincue de péché.

Aimables Compagnons !

Il y a quelque temps que je vous racontai ce que j'avais vu touchant Chrétien le pèlerin, et son voyage périlleux vers la céleste Patrie : ce récit a été agréable pour moi, comme il a été, j'espère, instructif pour vous. J'eus aussi occasion de vous parler de sa femme et de ses enfants, et vous disais combien ils s'étaient montrés mal disposés à le suivre dans son pèlerinage, tellement qu'il se vit forcé de partir seul et de laisser les autres en arrière ; car, il ne voulait pas courir le risque de se perdre, en restant plus longtemps avec eux dans la ville de Perdition. Il prit donc congé des siens, et se mit en marche, ainsi que je vous l'ai raconté.

Or, des occupations multipliées m'ayant empêché de continuer mes courses ordinaires vers les lieux qu'il parcourut, je n'avais pu trouver jusqu'à présent l'occasion de m'informer de sa famille pour vous en donner des nouvelles. Mais des affaires m'ayant appelé dernièrement de ces côtés-là, je trouvai moyen de descendre jusque dans le voisinage de cette ville. Je me dirigeai ensuite vers un bois qui se trouvait à la distance d'un mille environ du lieu où j'étais. J'allai donc y chercher du repos, et m'étant endormi, j'eus un songe.

Et voici, je vis un homme fort avancé en âge, qui s'approcha du lieu où j'étais couché. Comme il devait parcourir une partie du chemin que je m'étais proposé de suivre, je me levai et partis avec lui. Puis, comme il arrive à des voyageurs qui font route ensemble, nous entrâmes en conversation, et nous eûmes pour sujet la personne de Chrétien et ses voyages. C'est ainsi que je commençai l'entretien avec le vieillard.

– Monsieur, lui dis-je, quelle est cette ville que l'on aperçoit là-bas, à gauche du chemin ?

– C'est, répondit M. Sagacité, (car tel était son nom) la ville de Perdition, ville extrêmement populeuse, mais qui est habitée par des gens oisifs et de mauvais aloi.

– C'est ce que je pensais aussi, ajoutai-je ; j'ai traversé moi-même cette ville, et je reconnais que le rapport que vous m'en faites est exact.

Sagacité : – Ce n'est que trop vrai ! Je voudrais pouvoir dire aussi bien la vérité en rendant un meilleur témoignage de ceux qui habitent de tels endroits.

– Maintenant, lui dis-je, je vois que vous êtes un homme dont les intentions sont droites, et quelqu'un qui prend plaisir à entendre ou à dire de bonnes choses. Dites-moi, je vous prie, n'avez-vous jamais appris ce qui est arrivé il y a quelque temps à un homme de cette ville, (un nommé Chrétien) qui s'en alla en pèlerinage vers les célestes demeures ?

Sagacité : – Si j'ai jamais entendu parler de lui ! oui, certainement... je sais même les vexations, les peines, les combats, les captivités, les angoisses, les frayeurs, les doutes et tout ce qu'il a eu à subir pendant son voyage. D'ailleurs, il faut vous dire que sa réputation est répandue dans toute notre contrée. Maintenant, parmi les personnes qui ont connu un peu son caractère, ses actes de courage et ses vaillants exploits, il en est bien peu qui n'aient pas cherché à se procurer l'histoire de son pèlerinage. Je crois même pouvoir dire que le récit de son voyage aventureux a fait naître chez plusieurs le désir de suivre son exemple ; car, bien qu'il fût regardé comme un fou, et traité comme tel par la plupart de ses contemporains, maintenant qu'il est parti, presque tous témoignent une haute estime pour lui, et disent qu'il mène une vie de prince dans sa nouvelle demeure : il en est même parmi ceux qui avaient résolu de ne jamais s'exposer aux mêmes dangers, qui cependant lui portent envie et déclarent qu'il jouit du sort le plus heureux.

– S'ils veulent s'en tenir à la stricte vérité, ils ont raison de croire qu'il est actuellement dans un lieu de délices ; car il vit auprès de la Source de la Vie, et jouit de ce qu'il possède sans aucun travail, ni douleur : là il n'y a ni peine ni tristesse qui puisse se mêler à son bonheur. Je vous prie, quels propos tient-on à son sujet ?

Sagacité : – Quels propos ! Il y a de ses amis qui tiennent des discours étranges sur son compte. Quelques-uns disent « qu'il marche maintenant en vêtements blancs » ^{Apo.3.4 ; 6.11} ; qu'il porte une chaîne d'or autour de son cou, et qu'il a sur la tête une couronne immortelle entremêlée de perles très précieuses. D'autres soutiennent que les habitants du parvis, qui lui apparurent autrefois dans plusieurs stations de son voyage, sont devenus ses compagnons, et qu'il est familier avec eux là-haut autant qu'on peut l'être ici-bas, chacun avec son voisin. ^{Zach.3.7} Au reste, quelqu'un a déclaré avec beaucoup d'assurance touchant le fidèle Chrétien, que le roi de la contrée où il a établi sa résidence, lui a conféré l'insigne honneur de siéger à sa cour, et le fait participer à tout ce qu'il y a de plus riche et de plus exquis à sa table ; car il mange et boit chaque jour avec lui, il marche et cause avec lui, enfin, il jouit du regard affectueux et de toutes les faveurs de Celui qui est le Juge de toute la terre. Nonobstant cela, quelques-uns pensent que son prince, le Seigneur de ce pays, doit venir bientôt ici, pour demander à ses voisins, s'ils peuvent lui en donner la raison, pourquoi ils ne l'ont point estimé et ont toujours tourné en dérision son projet de voyage ^{Jude.1.14-15}.

Ces gens qui ont cette bonne opinion de lui ne craignent pas de déclarer qu'il jouit maintenant des bonnes grâces de son prince, et que son Souverain est tellement indigné contre ceux qui déversèrent leurs invectives et leurs sarcasmes sur Chrétien, qu'il les traitera avec autant de rigueur que s'il eût été lui-même l'objet de ces attaques ; du reste, il n'y a pas de quoi s'en étonner, puisque c'est à cause même de l'affection qu'il portait à son prince, qu'il endura toutes ces choses ^{Luc.10.16}.

– Tant mieux, lui dis-je ; j'en suis bien aise. La nouvelle que vous m'apprenez au sujet du pauvre Chrétien, me fait un grand plaisir. Maintenant il se repose de ses travaux ^{Apoc.14.13} ; il recueille avec joie le fruit de ses larmes ^{Psa.126.5-6}, et avec cela, il se trouve dans sa nouvelle habitation à l'abri des coups de ses ennemis, tellement que ceux qui le haïssent ne pourront jamais l'atteindre. Je suis également satisfait de ce qu'on fait courir le bruit de ces choses partout dans le pays ; car qui pourrait dire tous les bons effets qu'une semblable nouvelle est capable de produire sur quelques-uns de ceux qui sont restés en arrière ?

Mais, dites-moi, Monsieur, puisque cela me vient à la mémoire, n'avez-vous rien appris concernant sa femme et ses enfants ? Pauvres amis ! je suis à me demander ce qu'ils sont devenus.

Sagacité : – Qui ? Christiana et ses fils ? Il y a toute apparence qu'ils se sont dirigés dans la voie qu'a suivie Chrétien lui-même. Bien qu'ils aient tous agi autrefois comme des insensés, et qu'ils n'aient voulu se laisser persuader ni par les larmes, ni par les supplications de Chrétien, cependant ils sont revenus à de meilleurs sentiments, et ont formé la belle résolution de marcher sur ses traces ; ainsi, ils ont plié bagage et se sont mis à courir après lui.

– Admirable ! quoi donc, la femme, les enfants, et tous ?

Sagacité : – C'est la vérité même, je puis vous raconter toute l'affaire, car m'étant trouvé sur les lieux au moment de leur départ, je me suis informé exactement de tout ce qui les concerne.

– Mais pourrait-on en parler comme de quelque chose de très certain ?

Sagacité : – Vous ne devez pas craindre de le répéter et de le publier, c'est qu'ils sont tous allés en pèlerinage, cette brave femme et ses quatre garçons. Si, comme j'ai lieu de le croire, nous devons cheminer longtemps ensemble, je veux bien vous raconter toute l'histoire.

Christiana, (car c'est le nom qu'elle porte depuis le jour où elle entra avec ses enfants dans la carrière du pèlerinage après la mort de son époux), Christiana, dis-je, n'entendant plus parler de son mari, fut troublée dans ses pensées : D'abord à cause de la perte immense, irréparable qu'elle venait de faire, et ensuite parce qu'elle sentait le lien d'affection qui l'unissait à lui se briser entièrement. Car, me disait-elle, vous savez qu'il est impossible à la nature d'empêcher que les vivants n'entretiennent des réflexions pénibles au souvenir des parents affectueux qu'ils ont perdus. Cette épreuve qu'elle eut au sujet de son mari, lui fit donc verser d'abondantes larmes. Mais ayant fait un sérieux retour sur elle-même, Christiana en vint à se demander si l'indigne conduite qu'elle avait tenue envers son mari n'était pas la cause de cette douloureuse séparation. Ainsi, elle reconnut tout ce qu'il y avait de dureté, d'injustice et d'impiété dans les mauvais traitements qu'elle avait fait subir à ce cher ami, et le souvenir de toutes ces choses commençait à peser lourdement sur sa conscience. Elle ne pouvait surmonter le sentiment de sa culpabilité. De plus, la pensée que son mari avait tant gémi en s'affligeant amèrement sur son compte, et le fait qu'il s'était beaucoup lamenté sur sa propre condition, tout cela augmentait singulièrement sa peine. Elle se rappelait ainsi combien son cœur endurci s'était montré rebelle à la sollicitude et aux douces invitations de ce cher époux, ce qui jeta son esprit dans une profonde angoisse. Oui, il n'y a rien de ce que Chrétien avait fait, par ses discours ou par ses actes pour l'engager à l'accompagner, qui ne lui revînt à la mémoire, et ne lui brisât le cœur comme par un coup de foudre. C'est surtout ce cri de détresse : « Que faut-il que je fasse pour être sauvé ? » qui venait frapper ses oreilles d'une manière triste et plaintive.

C'est alors que se tournant vers ses enfants, elle leur dit :

« Mes enfants, nous sommes perdus. Je me suis mal comportée envers votre père, et il est maintenant bien loin d'ici. Il aurait voulu nous emmener avec lui, mais je refusai de lui obéir. Je vous empêchai même de le suivre, et par ce moyen de sauver votre vie. A ces mots, les jeunes garçons fondirent en larmes, et demandèrent avec instance de suivre les traces de leur père. »

– Ah ! dit Christiana, plût à Dieu que nous eussions accepté l'invitation d'aller avec lui ; il en serait résulté pour nous quelque chose de meilleur que ce que nous avons à attendre maintenant. Car, bien que j'aie eu autrefois la folie de m'imaginer que les angoisses de votre père provenaient d'une faiblesse d'esprit ou de certaines idées bizarres qu'il se serait formées, et qui auraient pu le rendre d'une humeur mélancolique, je suis maintenant persuadée qu'elles étaient l'effet d'une autre cause : c'est que la lumière de la vie lui fut donnée, et je m'aperçois que par ce moyen, il a échappé aux filets de la mort [Jean.8.12 ; Prov.13.14]. Là dessus, ils se mirent tous à pleurer de nouveau, et à s'écrier : Oh ! malheureux que nous sommes !

2

CHRISTIANA ENTEND LA BONNE NOUVELLE

Elle se dispose au départ avec ses enfants. – Premières tentatives de l'ennemi contre une âme qui se réveille. – Miséricorde veut suivre le bon exemple.

La nuit suivante, Christiana vit en songe une grande feuille de parchemin qu'une personne déroulait devant elle. Sur cette feuille était écrite, en caractères indélébiles, l'histoire de sa vie : ses péchés y étaient comptés et représentés dans toute leur laideur ; tous les replis de son cœur y étaient dévoilés, et ses péchés lui parurent si énormes, son âme dans un tel état de dégradation qu'elle en fut fort effrayée. Elle s'écria, à haute voix, dans son sommeil : « Seigneur, aie pitié de moi qui suis pécheresse, » et les petits enfants l'entendirent [Luc.8.13].

Puis, il lui sembla voir, près d'elle, deux hommes qui paraissaient animés d'intentions malveillantes ; ils se tenaient près de son lit et délibéraient entre eux. D'abord, elle ne put saisir qu'imparfaitement ce qu'ils disaient ; mais ces deux hommes élevant graduellement la voix, elle entendit ces paroles : « Que ferons-nous de cette femme ? » Elle est troublée dans son sommeil et implore la miséricorde divine. Il faut trouver moyen de la détourner des pensées qui la travaillent sur la vie à venir, car si elle continue à élever son âme à Dieu, elle nous échappera comme son mari nous a échappé. Alors aucune puissance au monde ne saurait la retenir.

Il arriva qu'à son réveil elle se sentit toute brisée, et comme saisie d'un grand effroi ; mais un instant après, elle s'assoupit de nouveau, et Chrétien, son époux, lui apparut dans une vision. Elle le vit parmi des êtres immortels, rayonnant de bonheur et tenant une harpe entre ses mains en présence de quelqu'un qui était assis sur un trône, et dont la tête était environnée d'un arc-en-ciel. Elle remarqua aussi que son visage était tourné du côté de celui qui avait sous ses pieds comme un ouvrage de carreaux de saphir, et qu'en se prosternant devant lui, il disait : je remercie de tout mon cœur, mon Seigneur et mon Roi de m'avoir amené dans ce lieu. Puis une multitude de ceux qui se tenaient à l'entour, jouaient sur leur harpe et élevaient leurs voix ; mais aucun homme vivant ne saurait rapporter ce qu'ils disaient, si ce n'est Chrétien lui-même ou ses compagnons.

Le matin étant venu, Christiana se leva ; elle venait justement de prier Dieu et de causer avec ses enfants, quand quelqu'un se mit à frapper rudement à la porte. Aussitôt elle s'écria : si c'est quelqu'un qui vient au nom de Dieu, qu'il entre. – Ainsi soit-il, répondit l'inconnu. Celui-ci ouvrant en même temps la porte, ajouta : « Que la paix soit dans cette maison ! » et, s'adressant à Christiana :

– Sais-tu bien, dit-il, ce que je suis venu faire ?

A ces mots, elle rougit et devint toute tremblante. Son cœur commençait aussi à brûler du désir de savoir d'où il venait, et ce qui pouvait l'amener auprès d'elle. Mon nom, lui dit alors le nouveau personnage, est Secret ; je demeure avec ceux qui sont haut placés. D'après la nouvelle qui est parvenue dans les lieux que j'habite, il paraî-trait que tu as le désir d'y aller ; l'on rapporte également que tu éprouves un vif regret d'avoir usé autrefois de tant de rigueur envers ton mari, alors que par l'endurcissement de ton cœur tu méprisais ses voies, et que tu retenais ces pauvres petits dans leur ignorance. Christiana, celui qui se nomme *le Miséricordieux* m'a envoyé pour te dire qu'il est un Dieu disposé à pardonner au coupable toutes ses fautes, et qu'il se plaît dans la gratuité. Il veut te faire savoir en outre, qu'il t'invite à venir en sa présence, et à t'asseoir à table avec lui, pour te nourrir des délices de sa maison et de l'héritage de Jacob ton père. C'est là qu'habite celui qui était autrefois ton mari, en compagnie d'une multitude d'autres person-nages illustres, et qu'il contemple sans cesse la face qui est un rassasie-ment de joie et une source de vie pour quiconque y est admis. Nul doute qu'il y aura parmi eux tous une grande joie lorsque, sur le seuil de la porte, le bruit de tes pieds viendra leur annoncer ton arrivée dans la maison de ton père.

En entendant ces choses, Christiana était tout confuse et baissait les yeux. Le messager qui lui apparut en vision continua ainsi : Christiana, il y a encore ici une lettre à ton adresse que le Roi de ton mari m'a dit de t'apporter. Elle la prit donc et l'ouvrit. Mais voici que cette lettre avait une odeur agréable, comme si elle eût renfermé le meilleur des parfums ^{Cant.1.3} ; de plus elle était écrite en lettres d'or. Son contenu portait que le Roi avait décidé que Christiana devrait marcher sur les traces de son mari, attendu que c'est en suivant uniquement ce chemin-là, qu'elle pouvait arriver à la Cité céleste, et jouir enfin d'une allégresse éternelle auprès de Sa Majesté. La bonne femme fut presque confondue par cette nouvelle, et se livrant tout à coup à un épanchement de son cœur : Monsieur, dit-elle, voulez-vous nous emmener avec vous, moi et mes enfants, afin que nous puissions aller aussi adorer le Roi ?

– Christiana, reprit le visiteur, l'amer va devant le doux. Il faut que tu passes par beaucoup de tribulations, comme celui qui t'a précédée dans cette carrière, avant de pouvoir entrer dans la Cité céleste. C'est pourquoi je te conseille de faire comme fit Chrétien ton mari : va à la porte-étroite qui se trouve au bout de la plaine, à l'entrée du chemin par lequel tu dois marcher ; je te souhaite ainsi bonne réussite. Je te conseille également de mettre cette lettre sur ton sein, afin que tu puisses en examiner le contenu, et que tes enfants l'entendent lire, jusqu'à ce qu'ils l'aient apprise par cœur ; car c'est là un des cantiques que tu dois chanter pendant que tu séjournes dans la maison de ton pèlerinage ^{Psa.119.54}. C'est aussi un titre que tu devras présenter à la porte lointaine.

Or, je crus m'apercevoir que le vieillard qui me racontait cette histoire était lui-même singulièrement touché. Puis il continua son récit de la manière suivante : Christiana appela donc ses enfants auprès d'elle, et leur parla en ces termes : Mes enfants, j'ai été dernièrement, comme vous avez pu le voir, dans une grande perplexité au sujet de la mort de votre père ; ce n'est pas que je doute le moins du monde de son bonheur ; je suis au contraire pleinement persuadée que tout va bien pour lui maintenant. J'ai été aussi péniblement affectée par la vue de ma propre condition et de la vôtre, car ma bassesse et ma misère m'ont été dévoilées. La conduite que j'ai tenue envers votre père, alors qu'il était travaillé et chargé, est aussi d'un poids accablant sur ma conscience ; car j'avais endurci mon cœur et le vôtre contre lui, et me suis refusée à l'accompagner dans son pèlerinage.

Le souvenir de toutes ces choses me ferait mourir de chagrin si ce n'était que j'eus un songe la nuit passée, et pour la consolation que cet étranger est venu m'apporter ce matin. Venez, mes petits garçons, faisons notre paquet, et courons vers la porte qui mène à la Patrie céleste, afin que nous puissions voir votre père, et vivre paisiblement avec lui et ses compagnons, suivant les lois de ce pays.

Sur cela, les enfants, voyant le cœur de leur mère si bien disposé, versèrent des larmes de joie. Ensuite le messager se retira en souhaitant aux pèlerins un heureux voyage. Mais au moment où ils se disposaient à quitter la ville, deux femmes voisines vinrent rendre visite à Christiana, et selon la coutume, heurtèrent à la porte : Là dessus, Christiana répondit : Si vous venez au nom du Seigneur, entrez.

Les deux femmes parurent alors frappées d'étonnement, car elles n'étaient point habituées à entendre un pareil langage, surtout de la bouche de Christiana. Cependant elles entrèrent, et ne tardèrent pas à s'apercevoir que la bonne femme se disposait à quitter ce lieu.

Dès lors une conversation s'engage, et on commence par lui faire cette question :

– Dites donc, la voisine, qu'entendez-vous faire par là ?

Christiana se tournant vers madame Timide, qui était la plus ancienne, répondit qu'elle se préparait pour un voyage. (Cette Timide était la fille de celui qui rencontra Chrétien sur le coteau des Difficultés, et qui aurait voulu lui faire rebrousser chemin par la crainte des lions.)

Timide : – Pour quel voyage, je vous prie ?

Christiana : – C'est pour aller rejoindre mon vieux mari ; et en disant cela, elle se mit à pleurer.

Timide : – J'espère que vous ne ferez pas ainsi, ma bonne voisine ; par pitié pour vos pauvres enfants, s'il vous plaît, n'allez pas vous exposer si misérablement.

Christiana : – Non, mes enfants iront avec moi ; il n'y en a pas un qui veuille rester en arrière.

Timide : – Mais je suis à me demander qui a pu faire entrer une pareille idée dans votre esprit.

Christiana : – Ah ! ma voisine, si vous saviez seulement ce que je sais, vous voudriez aussi, je n'en doute pas, entreprendre vous-même ce voyage.

Timide : – Mais encore une fois, qu'y a-t-il donc de nouveau que tu ne tiennes plus compte de tes amies, et que tu sois tentée d'aller on ne sait où ?

Christiana : – J'ai été dans une grande amertume depuis le départ de mon mari, surtout depuis qu'il a traversé le grand fleuve.

Mais ce qui me donne le plus d'inquiétude, c'est la mauvaise conduite que j'ai tenue envers lui pendant qu'il était sous le poids de l'affliction ; d'ailleurs, je me trouve actuellement dans la position où il était alors : il n'y a rien qui puisse me rendre contente, si ce n'est la perspective de faire ce voyage. Il m'est apparu la nuit passée dans un songe. Plût à Dieu que mon âme fût avec lui. Il habite en la présence du Roi de la contrée ; il s'assied et mange avec lui à sa table, et est devenu le compagnon de ces êtres immortels qui sont rayonnants de gloire. Il habite une maison magnifique auprès de laquelle les plus beaux palais de la terre ne sont que des réduits obscurs.

Le Maître du palais a aussi envoyé vers moi son messager avec une offre d'hospitalité, si je veux aller auprès de lui. Il était encore ici il n'y a qu'un instant, il m'a remis une lettre par laquelle le Roi m'invite à venir. Là-dessus, elle sortit la lettre de son sein, leur en fit lecture et ajouta : Qu'en dites-vous ?

Timide : – Voilà la folie qui s'est emparée de toi comme elle s'est emparée de ton mari. Oserais-tu te lancer dans de telles difficultés ? Tu as appris, je n'en doute pas, ses tristes aventures, même les mauvaises rencontres qu'il fit dès le commencement de son voyage, ce que, du reste, le voisin Obstiné peut t'assurer, car il a été un bout de chemin avec lui. Facile lui-même avait essayé de courir dans cette voie ; mais eux, comme des hommes sages, craignirent d'aller plus loin. On affirme qu'il eut à lutter avec des lions, avec Apollyon, avec l'Ombre-de-la-Mort, et avec bien d'autres choses encore. Tu ne dois pas non plus oublier le danger qu'il courut lorsqu'il vint à traverser la Foire-de-la-Vanité. Or, si lui qui était un homme, a eu tant de peine à se tirer d'affaire, comment échapperais-tu, toi qui n'es qu'une pauvre femme ? Considère ensuite la position de ces quatre petits orphelins ; ne sont-ils pas tes enfants, ta chair et tes os ? Si donc tu étais assez téméraire pour vouloir te perdre toi-même, aie pitié au moins du fruit de tes entrailles, et reste dans ta maison pour en prendre soin.

Christiana : – Ne me tentez point, ma voisine. Je tiens maintenant un prix dans mes mains pour acquérir un bien précieux, et je serais une insensée de la dernière espèce, si je ne profitais pas de l'occasion ^(Prov.17.16). Quant à ce que vous dites des afflictions qui me surviendront probablement en chemin, je suis loin d'en être découragée ; elles me prouveront au contraire que je suis dans la bonne voie. Il faut que l'amertume vienne avant la douceur, et que la première soit un moyen de rendre la seconde encore plus douce. Puis donc que vous ne vous êtes pas présentées chez moi au nom de Dieu, je vous prie instamment de vous retirer et de ne plus chercher à me troubler.

Sur cela, Timide voulut l'injurier, et dit à celle qui l'avait accompagnée : Venez, voisine Miséricorde, laissons là cette entêtée puisqu'elle méprise nos conseils et notre société.

Ici, Miséricorde se trouva comme embarrassée ; cependant elle n'était pas trop de l'avis de son amie ; elle ne pouvait consentir à sa demande pour deux raisons : La première, c'est que ses entrailles étaient émues en faveur de Christiana.

Si ma voisine doit absolument partir, se disait-elle, j'irai l'accompagner un bout de chemin, et lui aider dans ce qu'elle aura de besoin. Secondement, c'est qu'elle commençait à avoir de la sollicitude pour sa propre âme ; car ce que Christiana venait de dire avait fait quelque impression sur son esprit. Voici donc comment elle raisonnait en elle-même : Il faut que j'aie encore un peu d'entretien avec cette femme, et si je trouve la vérité et la vie dans ce qu'elle me dira, moi et mon cœur nous irons avec elle. En conséquence, Miséricorde commença par répondre à la femme Timide de la manière suivante : Voisine, je suis venue très volontiers avec vous ce matin pour faire visite à Christiana ; et puisqu'elle va, comme vous le voyez, faire ses derniers adieux au pays, il est convenable que j'aille un bout de chemin avec elle, afin de lui-être de quelque secours, d'autant plus que le temps est favorable. Toutefois, elle ne lui exposa pas son second motif, mais le garda pour elle-même.

Timide : – Ah ! je vois que vous avez aussi un penchant à suivre une pareille absurdité ; mais prenez-y garde à temps, et soyez sage ; lorsque nous sommes hors du danger, nous sommes en sûreté, mais quand on y est, il faut y rester.

Ainsi, cette madame Timide s'en retourna chez elle, et Christiana, toujours plus résolue d'accomplir son dessein, se mit en route pour la Patrie céleste.

3

L'IMPIE SE MOQUE DE CEUX QUI CHERCHENT LE SALUT

Le chrétien s'apitoie sur le sort de ceux qui périssent. – Au début de leur carrière, les pèlerins rencontrent le découragement. – Ils sont appelés à marcher par la foi.

De retour chez elle, madame Timide envoya aussitôt appeler quelques-unes de ses voisines, savoir : madame Chauve-Souris, madame l'Inconsidérée, madame Légèreté et madame l'Ignorante. Elle se hâta, à leur arrivée, de les entretenir de Christiana ; c'est ainsi qu'elle commença par leur faire le récit de ce qui s'était passé : Mes chères voisines, n'ayant presque rien à faire ce matin, je suis sortie pour rendre visite à Christiana. Étant arrivée à sa porte, j'ai frappé, comme vous savez que c'est notre habitude. Sur cela, elle m'a répondu : Si vous venez au nom de Dieu, entrez. Je suis donc entrée pensant que tout allait bien ; mais quelle n'a pas été ma surprise lorsque je l'ai vue occupée à faire des préparatifs pour quitter la ville, elle, ainsi que ses enfants. Je lui ai aussitôt demandé ce que signifiaient tous ces arrangements. Elle m'a enfin répondu qu'elle se disposait à aller en pèlerinage, à l'exemple de son mari. Elle m'a parlé ensuite d'un songe qu'elle avait eu, et comment le Roi de la contrée qu'habite son mari lui avait envoyé une lettre touchante pour l'engager à s'y rendre.

– Mais que pensez-vous qu'elle veuille faire, demanda madame l'Ignorante ?

Christiana : – Oh ! pour aller, elle ira, quoi qu'il arrive, c'est là ma conviction ; car lorsque j'ai essayé de la persuader à rester chez elle, en lui faisant entrevoir les fatigues et les périls qu'elle aurait à rencontrer sur son chemin, mes arguments n'ont servi qu'à la décider davantage au départ. Elle m'a dit en tout autant de mots qu'il faut que l'amertume vienne avant la douceur, et que par ce moyen la douceur soit rendue plus douce encore.

Chauve-souris : – Faut-il que cette femme soit aveugle et insensée ! N'est-elle donc pas suffisamment avertie par les afflictions de son mari ? Pour ma part, je crois, et cela est bien visible, que s'il pouvait revenir, il chercherait volontiers à mettre sa vie à l'abri de mille dangers qu'il courut pour le néant.

Inconsidérée : – Chassez donc de la ville ces sortes de gens fantastiques ... pour mon compte, je souhaite fort qu'elle et tous ses adhérents s'en aillent d'ici. Le pays en sera plus tôt débarrassé ; car si en continuant à rester dans son habitation elle venait à entretenir de tels sentiments, qui est-ce qui pourrait vivre paisiblement avec elle ? Il faudrait toujours avoir l'air inquiet, ou bien se conduire en mauvais voisins, à cause des choses dont elle aime tant à parler, mais que les personnes de bon sens ne pourront jamais supporter. Je ne suis donc pas fâchée qu'elle parte, et que quelque chose de mieux vienne prendre sa place : ce n'a jamais été pour nous un monde agréable, depuis que ces visionnaires imbéciles y sont venus.

Tenez, ajouta madame Légèreté, laissons de côté ce genre de conversation, et parlons de ce qui nous touche de plus près. J'étais hier chez madame la Volupté où nous nous sommes passablement amusées. On y goûtait toutes sortes de divertissements. En vérité, il y avait là de quoi enivrer le cœur d'une jeunesse. Car, qui auriez vous pensé trouver chez elle, si ce n'est moi et madame Sensualité en compagnie de M. Libertin, de madame Impureté et de quelques autres encore ? Nous avons eu de la musique, des danses, et tout ce qui pouvait rendre la séance extrêmement agréable. Quant à la dame qui nous a si bien servis, il faut avouer que c'est une personne distinguée. Elle est généralement admirée de tous. A mon avis, elle est bien faite pour contenter son monde ; toutefois M. Libertin est bien à sa hauteur par ses manières élégantes.

En attendant, Christiana était déjà entrée dans sa nouvelle voie, et Miséricorde l'avait suivie. Les enfants marchaient aussi à côté d'elles, et comme ils cheminaient tous ensemble, Christiana lia conversation avec Miséricorde :

– Je regarde, lui dit-elle, comme une faveur inattendue, que tu aies bien voulu sortir pour m'accompagner un bout de chemin.

– Certainement, dit la jeune Miséricorde (car elle était à la fleur de son âge), que si je croyais pouvoir réussir en allant avec toi, je ne retournerais jamais dans notre ville.

Christiana : – Eh bien ! ma chère, il faut que tu partages notre sort. Je sais bien ce qui nous attend au terme du voyage. Mon mari est là où il ne voudrait pas, pour tout l'or du monde, ne pas se trouver ; et tu n'as pas à craindre d'être rejetée, quoique ce ne soit que sur mon invitation que tu t'y rendes. Le Roi qui a envoyé un message pour moi et mes enfants, est Celui qui prend plaisir en la miséricorde.

D'ailleurs, si tu veux entrer en condition, je te prendrai à mon service, et tu auras place à côté de moi. Cependant, tu peux compter que nous aurons toutes choses en commun ; il faut donc que tu te décides à me suivre.

Miséricorde : – Mais comment puis-je être assurée que je serai aussi reçue dans les bonnes grâces du Roi ? S'il y avait quelqu'un qui pût me donner cette espérance, je n'aurais pas la moindre hésitation ; j'irais, étant aidée par Celui duquel vient tout secours, quelles que soient du reste la longueur et la fatigue du chemin.

Christiana : – Puisqu'il en est ainsi, bonne Miséricorde, je vais t'indiquer la marche qu'il y a à suivre : Viens avec moi d'abord jusqu'à la Porte étroite, et là je prendrai de plus amples informations pour ce qui te concerne. Si, une fois que nous serons en ce lieu, il arrivait que tu n'eusses aucun encouragement, tu pourrais retourner chez toi, et il faudrait bien, dans ce cas, me soumettre à cette épreuve avec résignation. De plus, je te récompenserai pour ta bienveillance envers moi et envers mes enfants, et de ce que tu t'es montrée si bien disposée à nous tenir compagnie une partie du chemin.

Miséricorde : – J'irai donc jusque là sans trop m'inquiéter de tout ce qui peut s'en suivre, et fasse le Seigneur qu'un lot me soit échu dans des lieux agréables, selon que le Roi du Ciel mettra sa bonne affection en moi.

Christiana se réjouissait dans son cœur, non seulement parce qu'elle avait une compagne, mais aussi par le fait qu'elle avait prévalu sur cette jeune personne en excitant chez elle un intérêt réel pour son propre salut. Ainsi, elles s'acheminèrent ensemble. Mais Miséricorde, qui était tendre de sa nature, eut bientôt les larmes aux yeux. Christiana s'en étant aperçue, se prit à dire : Pourquoi donc ma sœur pleure-t-elle de cette manière ?

Miséricorde : – Hélas ! l'on ne peut que se lamenter, quand on considère la déplorable condition où se trouvent mes pauvres amies qui persistent à rester dans notre ville corrompue ; et ce qui me chagrine le plus, c'est qu'elles n'ont aucune instruction, ni personne qui puisse leur annoncer les choses à venir.

Christiana : – La compassion est ce qui sied à un pèlerin, et tu éprouves pour tes amies ce que mon bon Chrétien éprouvait pour moi lorsqu'il vint à me quitter ; il s'apitoyait sur mon état parce que je n'avais aucun égard ni pour ses exhortations, ni pour lui-même ; mais son Seigneur et le nôtre recueillait ses pleurs et les mettait dans son vaisseau. Ainsi donc, toi et moi, de même que mes chers petits enfants, nous en recueillons les fruits et les bienfaits. J'espère que les larmes de Miséricorde ne seront pas perdues ; car la vérité est que « ceux qui sèment avec larmes, moissonneront avec chant de triomphe. » Et « celui qui porte la semence pour la mettre en terre, ira son chemin en pleurant, mais il reviendra avec chant de triomphe, quand il portera ses gerbes. » [Psa.126.5-6]

Alors Miséricorde se prit à dire :

> *Que le Seigneur soit mon guide :*
> *Conduite par ce bon berger,*
> *Mon âme encore timide*
> *Ne redoute plus le danger.*
> *Oh ! que par ta grâce infinie,*
> *Je vive, fidèle à ta loi ;*
> *Que jamais je ne te renie ;*
> *Je ne puis qu'errer, loin de toi.*
> *Les miens sont restés en arrière ;*
> *Seule j'espère en ta bonté :*
> *Fais descendre en eux la lumière*
> *Qui conduit à la vérité.*

Puis mon vieil ami poursuivant son histoire, continua ainsi :

Mais lorsque Christiana fut arrivée au bourbier du Découragement, elle commença par frémir. Voici, dit-elle, l'endroit où mon mari manqua d'être étouffé dans la boue. Elle s'aperçut en outre que le passage, qui aurait dû être plus commode pour les voyageurs, vu que le Roi avait depuis longtemps ordonné de le réparer, était devenu au contraire beaucoup plus mauvais qu'autrefois.

Là-dessus, je demandai si c'était bien vrai.

– Oui, dit le vieillard, que trop vrai ; car il y en a beaucoup qui prétendent être les serviteurs du Très-Haut et se disent être employés à entretenir les chemins du Roi, tandis qu'ils ne font qu'y ramasser de la boue et du fumier, au lieu de pierres ; et ainsi, ils les dégradent plutôt qu'ils ne les réparent. C'est pour cela que Christiana et ses enfants ont éprouvé ici une pénible surprise. Mais, voyons, disait Miséricorde, si par hasard nous pourrions passer ? tenons-nous seulement sur nos gardes. Elles marchèrent donc avec beaucoup de précaution, et s'y prirent de telle manière qu'elles parvinrent à leur but sans accident. Malgré toute leur vigilance, il s'en fallut peu que Christiana ne fît une chute, même à plusieurs reprises.

Elles ne furent pas plus tôt de l'autre côté, qu'il leur sembla entendre quelqu'un leur adresser ces paroles : « Bienheureuse est celle qui a cru ; car les choses qui lui ont été dites par le Seigneur auront leur accomplissement. » [Luc.1.45] Et pendant qu'elles continuaient leur chemin, Miséricorde se prit à dire à Christiana : si j'avais autant que vous sujet d'espérer de trouver une bonne réception à la Porte-étroite, je ne me laisserais point abattre par un bourbier de découragement.

– C'est bien, dit l'autre, vous connaissez vos faiblesses et je connais les miennes ; mais, chère amie, nous aurons toujours assez de mal avant d'arriver au terme de notre voyage. Que peut-on penser, je vous le demande, des gens qui se proposent d'atteindre à des gloires aussi excellentes que celles que nous recherchons, et dont le bonheur est si digne d'envie, sinon qu'ils sont exposés à toutes les craintes, à tous les pièges, à toutes les peines et les afflictions qu'il soit possible de rencontrer ici-bas.

4

CONSIDÉRATIONS SUR LA PRIÈRE

Réception de Christiana à la Porte-étroite. – Miséricorde assiégée par les craintes et les doutes. – Elle se rassure. – La vue de Christ crucifié console et réjouit les pèlerins. – Entretiens particuliers. – L'énigme expliquée.

Puis M. Sagacité m'ayant laissé seul dans mon rêve, je vis Christiana et Miséricorde qui arrivaient devant la porte : ici il s'éleva entre elles une petite discussion. Leur différence de jugement portait sur la manière dont elles devaient annoncer leur présence et sur les discours qu'il convenait de tenir à celui qui devait leur ouvrir. Il fut enfin décidé que, puisque Christiana était la plus âgée, elle demanderait à entrer, et qu'elle parlerait au Portier. Christiana se mit donc à heurter, mais elle fut obligée de frapper bien des fois avant de pouvoir entrer, comme avait fait son pauvre mari. Cependant, au lieu de recevoir immédiatement une réponse favorable, ils crurent tous entendre, au contraire, les aboiements d'un chien, et même d'un gros chien qui paraissait très menaçant, ce qui causa une grande frayeur aux femmes aussi bien qu'aux enfants. C'est au point qu'elles cessèrent de heurter pour un temps, dans la crainte que la méchante bête ne leur sautât dessus. Elles se trouvaient par conséquent dans une grande anxiété, ne sachant que faire. Elles étaient trop effrayées du chien pour oser frapper, et ne voulaient pas non plus rebrousser chemin, de peur que le gardien de la porte venant à épier leur démarche, n'eût l'air d'être offensé. Enfin elles se déterminèrent à heurter de nouveau, et à heurter avec plus de force que jamais. – Qui est là ? s'écria enfin le Portier ; et en même temps qu'il parlait ainsi, le chien cessa d'aboyer, et la porte s'ouvrit.

Alors, Christiana prenant la parole, dit en s'inclinant avec respect : Que notre Seigneur ne soit point irrité contre ses servantes de ce qu'elles ont ainsi heurté à sa porte royale.

Portier : – D'où venez-vous, et que souhaitez-vous ?

Christiana : – Nous venons du même endroit que Chrétien, et nous courons vers le même but. S'il vous plaisait de nous laisser entrer par cette porte, nous voudrions prendre le chemin qui conduit à la Cité céleste. Je dirai de plus à mon Seigneur que je suis la femme de Chrétien qui est maintenant en haut.

Le Portier fut enchanté de ce qu'il venait d'entendre, et comme pour exprimer son étonnement : Quoi ! dit-il, serait-elle venue en pèlerinage, celle qui naguère avait en horreur cette profession ?

– Oui, certainement, répondit Christiana en baissant la tête, et mes petits garçons que voilà sont aussi venus.

Il la prit donc par la main, et après l'avoir fait entrer la première, il se tourna vers les enfants en disant : « Laissez venir à moi les petits enfants. » Là-dessus, il ferma la porte. Il appela ensuite celui qui se tient sur les hauteurs, pour saluer la venue de Christiana au son de la trompette, et avec de grands cris de joie. A l'instant même le grand musicien arriva, et d'une voix sonore, fit retentir les airs de ses chants mélodieux.

Mais la pauvre Miséricorde était encore là, attendant à la porte. Elle tremblait et pleurait dans la crainte d'être rejetée. Cependant, Christiana qui avait été d'abord admise avec ses enfants, commença par intercéder en faveur de son amie. C'est ainsi qu'elle priait : Mon Seigneur, j'ai une de mes amies qui se tient encore dehors et qui est venue ici dans le même but que nous. Elle s'afflige amèrement dans son esprit, car elle est partie, selon ce qu'elle pense, sans y avoir été expressément invitée, tandis que j'ai reçu de la part du Roi une missive par laquelle il m'autorise et m'engage à me rendre auprès de lui.

De son côté, Miséricorde devenait très impatiente, tellement que les minutes lui paraissaient aussi longues que des heures. Elle se décida enfin à heurter à la porte, et y mit toute l'énergie dont elle était capable. C'était assez du bruit qu'elle faisait pour empêcher que son amie ne continuât d'intercéder pour elle. A la fin elle redoubla les coups avec tant de force que Christiana en fut tout ébranlée. – Qui est là ? demanda alors le gardien de la porte. – C'est mon amie répondit Christiana.

Il ouvrit donc la porte, et se mit à regarder ; mais voici que Miséricorde était comme évanouie, car son esprit défaillait par la crainte qu'on ne voulût pas lui ouvrir. La prenant alors par la main, il lui dit : « Jeune fille, je te dis, lève-toi. » ^(Luc.7.14)

– Oh ! Monsieur, s'écria-t-elle, je n'ai plus aucune force ; c'est à peine s'il y a encore une étincelle de vie en moi.

Sur cela, le Portier lui fit remarquer ce qui avait été dit par quelqu'un : « Quand mon âme se pâmait en moi, je me suis souvenu de l'Éternel, et ma prière est parvenue à toi jusqu'au palais de ta sainteté. » ^(Jonas.2.7) Ne crains point, ajoutât-il, mais tiens-toi sur tes pieds et dis-moi pour quelle affaire tu es venue ici.

Miséricorde : – Quoiqu'appelée d'une manière bien différente, je suis cependant venue dans le même but que mon amie Christiana ; car elle tient son invitation du Roi, tandis que je ne tiens la mienne que d'elle. Or, je crains que ce ne soit qu'une présomption de ma part.

Bonne-Volonté : – T'a-t-elle témoigne le désir que tu vinsses avec elle dans ce lieu ?

Miséricorde : – Oui, et comme mon Seigneur le voit, je me suis empressée de venir. Si donc l'on peut accorder ici quelque grâce, et donner l'absolution des péchés, je supplie pour que ta pauvre servante puisse en être rendue participante.

Le Portier l'ayant de nouveau prise par la main, la fit entrer doucement, et lui dit : Je prie pour tous ceux qui croient en moi, quels que soient les moyens par lesquels ils me sont amenés. Il ordonna ensuite à ses serviteurs d'apporter quelques aromates pour en faire respirer le parfum à Miséricorde, afin de ranimer son esprit défaillant. Ainsi, ils lui apportèrent un paquet de myrrhe, et en peu de temps les forces lui revinrent.

Le Seigneur reçut donc Christiana, ses enfants et Miséricorde, à l'entrée du chemin, et leur parla avec bienveillance. Alors les pèlerins reprirent ainsi :

– Nous sommes affligés de nos péchés, et demandons à notre Seigneur qu'il veuille nous les pardonner, et nous communiquer en même temps d'autres instructions sur ce que nous avons à faire.

– J'accorde mon pardon, dit-il, par la parole et par le fait : – Par la parole dans la promesse, et par le fait dans l'acte au moyen duquel ce pardon est obtenu. Recevez d'abord la première avec un baiser de ma bouche, et le second, suivant qu'il vous sera révélé. ^{Cant.1.2 ; Jean.20.29}

Puis, je vis dans mon songe qu'il leur adressait plusieurs bonnes paroles dont ils furent tous très réjouis. De plus, il les conduisit sur le haut de la porte d'où il leur montra par quel moyen ils étaient sauvés. Il leur déclara en outre que l'objet qui fixait maintenant leur attention se présenterait souvent à leurs regards, à mesure qu'ils avanceraient dans leur voyage, et cela pour leur consolation.

Après leur avoir ainsi parlé, il se retira à l'écart pour les laisser causer entre eux dans un pavillon d'été un peu plus bas. Christiana commença alors l'entretien :

– Combien je suis heureuse que nous soyons arrivés ici !

Miséricorde : – Vous pouvez bien l'être en effet ; mais j'ai plus sujet que tous les autres de tressaillir de joie.

Christiana : – Je craignais, alors que je me tenais encore à la porte, que tout notre travail ne fût perdu, parce que je heurtais sans pouvoir obtenir de réponse, surtout au moment où cette laide bête aboyait avec tant de fureur contre nous.

Miséricorde : – Le plus grand de mes tourments était de penser qu'après tout je serais oubliée ou rejetée, tandis que vous étiez reçue en grâce. Ainsi, me disais-je, se trouvent accomplies ces paroles : « Deux femmes moudront au moulin ; l'une sera prise et l'autre laissée. » ^{Mat.24.41} Je ne pouvais m'empêcher de crier : « Malheur à moi !... Je suis perdue. » Je me sentais trop misérable pour oser frapper de nouveau ; et ce n'est que lorsque mes yeux se sont tournés vers les paroles écrites au dessus de la porte ^{Mat.7.7}, que j'ai pris courage. J'étais aussi poursuivie de cette pensée qu'il fallait heurter ou périr. Je me mis donc à heurter, mais ne sachant comment, car en ce moment mon esprit se débattait entre la vie et la mort.

Christiana : – Vous ne pouvez pas dire de quelle manière vous heurtiez !... Il est certain que vous y alliez avec tant d'ardeur que le bruit de vos coups m'a fait tressaillir : – Je crois n'avoir jamais rien entendu de semblable en ma vie ; c'était à tel point qu'on eût dit que vous vouliez entrer par force et prendre le royaume avec violence. ^{Mat.11.12}

Miséricorde : – Hélas ! qui n'aurait pas agi de la sorte dans un cas comme le mien ? Vous savez que la porte m'était entièrement fermée, et qu'une bête se tenait là aux aguets, comme si elle eût voulu me mordre. Je vous le demande, qui est ce qui n'aurait pas frappé de toutes ses forces avec un cœur si profondément angoissé que le mien ? Mais, je vous en prie, que disait le Seigneur de mon importunité ? N'était-il pas fâché contre moi ?

Christiana : – Quand le bruit de vos coups redoublés est parvenu à ses oreilles, j'ai pu juger par le merveilleux sourire de ses lèvres qu'il était singulièrement satisfait. Vos procédés lui sont agréables, du moins n'a-t-il donné aucun signe du contraire. Mais on est à se dire intérieurement : Pourquoi garde-t-il un pareil chien à son service ? Eussè-je vu cela d'avance, que le courage m'aurait manqué pour arriver au point où j'en suis. Quoi qu'il en soit, nous sommes à présent hors de danger, et je m'en félicite de tout mon cœur.

Miséricorde : – Si vous n'avez pas d'objection, je veux lui demander, la prochaine fois qu'il descendra, pourquoi il laisse aller ce misérable chien dans sa cour. J'espère qu'il ne le prendra pas en mal. – Ne manquez pas de le faire, s'écrièrent les enfants, et dites-lui qu'il le tue, car nous avons peur qu'il nous morde quand nous sortirons d'ici.

Il descendit enfin, et s'approcha d'eux. Miséricorde vint aussitôt se prosterner devant lui, la face en terre ; elle l'adora en disant : Que mon Seigneur accepte le sacrifice de louanges, même le fruit des lèvres que je lui offre. ^{Héb.13.15 ; Osée.14.2}

Là-dessus il prononça ces paroles : « La paix soit avec toi ; tiens-toi debout. » Mais Miséricorde demeurant dans cet état de prostration, dit : « Seigneur, quand je contesterai avec toi, tu seras trouvé juste ; mais toutefois j'entrerai en contestation avec toi. » ^{Jérém.12.12} Pourquoi as-tu dans ta cour un chien si méchant à la vue duquel nous, femmes et enfants, ne pouvons que reculer d'effroi ?

Le Seigneur lui répondit : Ce chien, qui est d'une race dégénérée, a un autre maître, et le champ dans lequel il demeure appartient à un autre que moi. Il ne fait qu'aboyer contre mes pèlerins, et en a déjà effrayé plusieurs par le grand cri de son rugissement. Son maître est le propriétaire de ce château que vous voyez là-bas, à quelque distance. Je vous assure qu'il ne le garde pas pour me faire plaisir, mais plutôt avec l'intention d'empêcher que les pèlerins ne viennent à moi. Aussi, dès qu'il en arrive quelques-uns, le laisse-t-il sortir de chez lui afin de les épouvanter, de telle sorte qu'ils n'osent demander à entrer. Ce chien peut donc monter jusqu'aux murs du parc, et quelquefois il lui est arrivé de briser sa chaîne, et de déchirer quelques-uns de ceux que j'aime ; mais pour le moment je prends tout avec patience. Je donne aussi du secours à mes pèlerins dans le temps convenable, de manière à ce qu'ils ne soient pas abandonnés à son pouvoir tyrannique. Non, il ne lui est pas permis de faire tout ce à quoi le porterait sa nature brutale. Mais quoi ! ma rachetée, j'aurais pensé que tu ne te serais pas laissée épouvanter par un chien, eusses-tu même ignoré totalement ce qui devait t'arriver. Les mendiants qui vont de porte en porte, courent le risque d'être harcelés et mordus par des chiens, et cependant, voyez comme ils persévèrent à demander ! Ils craindraient bien plutôt de perdre l'aumône qui les attend. Eh bien ! est-ce qu'un chien qui se trouve dans les possessions d'autrui, un chien dont je fais tourner toutes les fureurs au profit des pèlerins, empêcherait quelqu'un d'arriver jusqu'à moi ? C'est moi qui délivre de la gueule du lion ceux qui me craignent, et « mon unique de la patte du chien. » ^{Psa.22.20}

– Je confesse mon ignorance, dit Miséricorde ; je parle de ce que je ne comprends pas ; je reconnais que tu as ordonné toutes choses pour le mieux.

Christiana commença enfin à songer au départ, et voulut prendre des instructions sur le chemin qu'il fallait tenir. Là-dessus, le Seigneur leur donna à manger, leur lava les pieds, et les mit sur la voie qui portait l'empreinte de ses pieds, selon qu'il en avait agi auparavant envers Chrétien lui-même.

Ainsi, ils continuèrent leur chemin, et je vis qu'ils étaient favorisés par un beau temps.

Dès lors, Christiana put entonner ce cantique :

> *Dans les liens de ce monde trompeur.*
> *Longtemps, hélas ! mon âme fut captive...*
> *Tu m'as parlé... Maintenant attentive*
> *Elle te dit ; je t'écoute, Seigneur.*
> *Heureux, heureux le jour où j'ai cherché*
> *L'étroit chemin qui mène à la justice ;*
> *Par ton amour, par ton saint sacrifice*
> *Tu m'as arrachée au péché.*

5

LE FRUIT DÉFENDU

Les deux séducteurs – Délivrance des pèlerins. – Leçons importantes.

Il y avait, de l'autre côté du mur qui borde le chemin que Christiana et ses compagnons devaient suivre, un jardin appartenant au propriétaire du chien dont il a déjà été question. Parmi les arbres fruitiers qui croissaient dans ce jardin, il y en avait quelques-uns dont les branches s'étendaient par dessus la muraille. Mais s'il arrivait que, le fruit étant mûr, quelqu'un voulût en cueillir, il se trouvait mal après l'avoir mangé. Or, les fils de Christiana, comme cela arrive ordinairement aux enfants de leur âge, étaient enchantés de ces arbres, et furent surtout flattés par les fruits qu'ils voyaient suspendus aux branches. Ils en cueillirent et se mirent à les manger. La mère ne manqua pas de les réprimander pour leur indiscrétion ; néanmoins ils persistèrent dans leur désobéissance. – Oh là ! mes enfants, vous péchez, leur criait-elle, car ce fruit n'est pas à nous. Toutefois, elle ignorait qu'il appartînt à l'ennemi ; l'eût-elle su, qu'elle serait, je vous garantis, presque tombée morte de frayeur. Quoi qu'il en soit, la circonstance se passa ainsi, et ils poursuivirent leur route.

Ils étaient environ à deux milles du lieu qui se trouve à l'entrée du chemin, lorsqu'ils aperçurent deux mauvais sujets qui venaient droit à eux, en descendant. Christiana et son amie Miséricorde se couvrirent aussitôt de leur voile, et continuèrent à marcher droit devant elles. Les enfants de même allaient du mieux qu'ils pouvaient ; de sorte qu'ils finirent par se trouver en présence les uns des autres. Les deux inconnus étaient venus avec un dessein bien arrêté. Ils s'approchèrent des femmes comme s'ils eussent voulu les embrasser ; mais Christiana élevant sa voix, leur dit : Retirez-vous, ou bien, allez tranquillement votre chemin comme vous devez le faire. Toutefois, ces deux individus ne parurent pas plus tenir compte des paroles de Christiana que s'ils eussent été des sourds ; mais ils commencèrent par poser la main sur elle, ce qui obligea Christiana de se mettre en colère et de leur lancer des coups de pied. De son côté, Miséricorde faisait tout son possible pour les éviter. Christiana leur criait toujours : Retirez-vous et nous laissez passer, car nous n'avons point d'argent à vous donner ; nous allons en pèlerinage, comme vous le voyez, de sorte que nous vivons de la charité.

– Nous ne voulons point vous enlever votre argent, dit alors l'un de ces hommes ; nous sommes venus pour vous dire que si vous voulez consentir seulement à une chose que nous allons vous proposer, nous vous rendrons heureuses pour toujours.

Mais Christiana qui soupçonnait le but de leurs intentions, répliqua : Nous ne pouvons avoir de la considération pour vous ; nous ne voulons vous écouter, ni vous accorder quoi que ce soit que vous nous demandiez. Nous sommes pressés et ne pouvons, par conséquent, nous arrêter ; il s'agit, en ce qui nous concerne, de la vie ou de la mort. – Et tandis qu'elle leur tenait ce langage, elle et sa suite firent un nouvel effort pour prendre les devants. Mais eux, s'étant mis au travers du chemin, voulurent barrer le passage, et leur tinrent ce discours : – Nous n'avons pas l'intention de vous ôter la vie, c'est autre chose que nous vous demandons.

– Ah ! reprit Christiana, vous voudriez nous avoir corps et âme pour nous perdre ; je sais que vous êtes capables de cela ; mais nous résisterons et nous mourrons plutôt que de nous laisser prendre dans de tels pièges. Non, nous ne voulons pas courir la chance de perdre notre bien-être à venir. Là-dessus, ils se prirent tous à crier, avec beaucoup de force : Au secours ! au secours ! et se mirent sous la protection de ces lois qui ont été établies pour les femmes. [Deut.22.23-29] Toutefois, ces hommes n'en persistèrent pas moins à les tracasser, pensant qu'ils parviendraient à les gagner. C'est pourquoi les pèlerins continuèrent à jeter des cris d'alarme.

Or, comme ils n'étaient pas encore fort éloignés de la Porte-étroite où ils s'étaient premièrement adressés, leurs cris eurent assez de retentissement pour être entendus des habitants de la maison. Il y en eut même quelques-uns qui, ayant heureusement reconnu la voix de Christiana, résolurent d'aller à son secours. Mais à peine s'étaient-ils approchés d'eux, à vue d'œil, que les femmes étaient à se débattre entre les mains des assaillants, et les enfants, de leur côté, étaient atterrés de frayeur. Dès lors, ils se mirent à courir à toutes jambes, et celui d'entre eux qui avait été le plus prompt à secourir nos voyageurs, cria aux scélérats : Que faites-vous donc ? Voulez-vous faire commettre une transgression aux gens de mon Souverain ? Il se mit en même temps à les poursuivre comme pour tâcher de les attraper ; mais eux, franchissant la muraille, allèrent chercher un refuge dans le jardin de l'homme à qui appartient le gros chien ; et ainsi le chien devint leur protecteur.

Cet homme, qui fut pour nos pauvres pèlerins un vrai libérateur, s'approcha ensuite des femmes, et leur demanda comment elles se trouvaient, à quoi elles répondirent : Nous avons beaucoup d'obligation à ton Prince ; nous n'en sommes heureusement que pour un peu de frayeur. Quant à toi, nous avons aussi à te remercier de ce que tu es venu à notre secours, car autrement nous eussions succombé à l'épreuve.

Après avoir échangé quelques paroles de plus, le Libérateur fit la remarque suivante : Je m'étonne singulièrement que vous n'ayez pas adressé une pétition au maître du lieu où l'on vous a offert l'hospitalité, pour avoir un conducteur, quand vous étiez encore là-haut ; il vous aurait accordé assurément votre demande, et dès lors vous vous fussiez épargné ces peines et ces misères.

Christiana : – Hélas ! nous étions trop préoccupées de nos bénédictions présentes, en sorte que nous oublions les dangers de l'avenir. D'ailleurs, qui aurait pensé que, si près du palais du Roi, il se fût trouvé un tel guet-apens ? Certainement qu'il eût mieux valu pour nous de demander un guide au Seigneur ; mais puisque notre Seigneur savait que nous avions besoin de quelqu'un, pourquoi, suis-je à me demander, ne l'a-t-il pas envoyé avec nous ?

Libérateur : – Il n'est pas toujours convenable d'accorder les choses que l'on ne demande pas. Le maître ne trouve pas toujours bon de disposer ainsi de ses bénédictions, de peur qu'elles ne soient trop peu appréciées. On attache du prix à une chose en raison du besoin que l'on en éprouve, et l'on use ou abuse de même d'un bienfait, suivant la place qu'il occupe dans notre estime. Si mon souverain vous avait donné un guide, vous n'en seriez pas à vous lamenter sur la négligence que vous avez mise à le demander. Maintenant vous en reconnaissez l'urgence ; aussi, toutes choses concourent à votre bien, et doivent avoir pour effet de vous rendre plus circonspects.

Christiana : – Retournerons-nous vers mon Seigneur pour lui confesser notre folie, et lui demander un guide ?

Libérateur : – Quant à votre confession, je la lui présenterai moi-même. Vous n'avez pas besoin de revenir en arrière ; car dans tous les lieux où vous irez, rien ne vous manquera. Mon Seigneur ayant pourvu abondamment à tous les besoins de ceux qui viennent loger chez lui, vous pouvez être sans inquiétude à cet égard. Dans chacune de ses habitations il y a toujours des gens qui sont au service des pèlerins. Il en fournit autant qu'il en est nécessaire, car « l'Éternel multiplie leurs hommes comme un troupeau de brebis, » mais pour cela « il veut être invoqué. » [Ezéch.36.37] Certes, il faudrait qu'une chose fût bien misérable pour qu'elle ne valût pas la peine d'être demandée.

Lorsqu'il eut parlé, il s'en retourna chez lui, et les pèlerins continuèrent leur chemin. Puis Miséricorde dit d'un ton de surprise : Comme on se trouve tout à coup désappointé ici ! je comptais que nous ne rencontrerions plus aucun danger, et qu'il n'y aurait plus lieu de s'affliger.

Christiana : – Ton innocence, ma sœur, te rend excusable à bien des égards ; mais pour moi, ma faute est d'autant plus grande que je voyais ce danger avant de quitter le seuil de ma porte. Je ne me suis point prémunie contre la tentation, alors que j'avais la liberté et l'occasion de le faire. Je suis bien blâmable.

Miséricorde : – Comment ! Saviez-vous cela avant de partir de chez vous ? Expliquez-moi, je vous prie, cette énigme.

Christiana : – Voici ce qui en est : Je fus avertie dans un songe que j'eus dans la nuit à ce sujet, alors que je me disposais à quitter le pays. Il se présenta dans ma vision deux hommes qui ressemblaient beaucoup à ceux qui sont venus nous attaquer. Il me semblait les voir debout, au pied de mon lit, se concertant sur la manière dont ils devaient s'y prendre pour me faire échouer dans la voie du salut. (C'était au temps de mes angoisses.) Ce qu'ils disaient revient à peu près à ceci : « Que ferons-nous de cette femme ? car elle est agitée et se réveille en implorant la miséricorde divine. Si on la laisse dans cet état, nous ne manquerons pas de la perdre comme nous avons perdu son mari. » C'était assez pour me mettre en garde, et me faire rechercher les moyens dont on peut disposer en pareil cas.

– Eh bien ! dit Miséricorde, comme par cette négligence nous avons lieu de reconnaître nos imperfections, de même, notre Seigneur en a pris occasion pour rendre manifestes les richesses de sa grâce ; car il nous a envoyé un témoignage de sa bonté auquel nous ne nous attendions pas, et nous a délivrés, selon le bon plaisir de sa volonté, des mains de ceux qui étaient plus forts que nous.

Elles s'entretenaient ainsi lorsqu'elles arrivèrent, après une marche rapide, près d'une maison qui se trouve sur le bord de la route. Cette maison avait été construite pour des pèlerins qui ont besoin de repos et de consolation, comme on peut s'en convaincre pleinement par les détails qui sont rapportés dans la première partie du voyage de Chrétien.

6

LES PÈLERINS ARRIVENT CHEZ L'INTERPRÈTE

Leur réception. – L'homme terrestre. – L'arme du fidèle. – L'araignée. – L'image de la poule, de la brebis, des fleurs. – La récolte manquée. – Le rouge-gorge.

Puis, s'étant approchés de la maison de l'Interprète, ils s'arrêtèrent à la porte. Là, plusieurs voix se firent entendre ; ces voix avaient un son agréable et venaient du dedans. Ils se mirent donc à écouter attentivement, et il leur sembla entendre quelqu'un prononcer la nom de Christiana. Car il est bon de vous dire, qu'avant cette circonstance un bruit avait déjà couru au sujet du voyage qu'elle venait d'entreprendre avec ses enfants, et la nouvelle devait avoir été accueillie par ceux de la maison avec d'autant plus de joie qu'il s'agissait de l'épouse de Chrétien le pèlerin, de cette femme qui, autrefois, ne pouvait supporter l'idée d'aller en pèlerinage. Nos gens se tinrent encore debout devant la porte, et outrent parler d'une manière fort honorable de celle dont on n'espérait guère l'arrivée. Enfin, Christiana se décide à heurter comme elle avait fait auparavant à la Porte-étroite. Elle n'a pas plus tôt achevé qu'une jeune fille nommée Simplicité arrive à la porte : elle l'ouvre, porte ses regards autour d'elle, et aperçoit là deux femmes.

– A qui désireriez-vous parler ? leur dit-elle.

Christiana : – Nous avons compris que c'est ici un lieu privilégié pour ceux qui se sont faits pèlerins, et c'est en cette qualité que nous nous présentons aujourd'hui à cette porte. En conséquence, nous sollicitons comme une faveur, qu'il nous soit permis d'entrer dans ce lieu pour y loger ; car, tu le vois, le jour est sur son déclin, et nous désirons ne pas aller plus loin ce soir.

Simplicité : – Veuillez me dire votre nom, afin que je puisse l'annoncer à mon seigneur, dans son cabinet.

Christiana : – Mon nom est Christiana ; je suis la femme de ce pèlerin qui passa par ici il y a quelques années ; et ceux-ci sont ses quatre enfants. Cette jeune fille qui m'accompagne vient en pèlerinage avec nous.

Alors Simplicité courut prévenir les serviteurs de la maison : Je viens vous annoncer, leur dit-elle, l'arrivée de nouveaux pèlerins. Le croiriez-vous ?... c'est Christiana, ses enfants et une autre personne qui l'accompagne, attendant à la porte qu'on leur donne l'hospitalité à tous. Ils tressaillirent de joie en apprenant cette nouvelle, et allèrent aussitôt en informer leur souverain qui s'empressa de venir à la porte. Dès qu'il eut aperçu des yeux la bonne Christiana, il lui dit : Es-tu celle que le brave Chrétien laissa derrière lui quand il s'en alla en pèlerinage ?

Christiana : – Je suis cette femme qui était endurcie de cœur, tellement que je ne tenais aucun compte des afflictions de mon mari, et ne me souciais point d'aller avec lui. Voici ses quatre enfants ; or, je me suis décidée à suivre son exemple, et suis convaincue maintenant que c'est ici le vrai chemin et qu'il n'y en a point d'autre.

Interprète : – C'est ainsi que s'accomplit l'Écriture touchant l'homme qui dit à son fils ! « Va-t'en, et travaille aujourd'hui dans ma vigne. Lequel répondant, dit : Je n'y veux point aller ; mais après, s'étant repenti, il y alla. » Matt.21.28-29

– Ainsi soit-il, ajouta Christiana : Amen. Dieu fasse que ces paroles me soient réellement applicables, et qu'il m'accorde d'être finalement « trouvée de lui sans tache et sans reproche, en paix ! »

Interprète : – Mais pourquoi te tiens-tu à la porte ? Viens, entre, fille d'Abraham. Nous parlions de toi il n'y a qu'un instant, car on est venu nous apprendre que tu avais embrassé la profession de pèlerin. Venez, enfants, entrez, et toi aussi, servante, approchez-vous. C'est ainsi qu'il les attira tous dans la maison.

Quand ils furent entrés, on les pria de s'asseoir et de se reposer, ce qu'ils firent aussi. Puis, les habitants de la maison qui sont chargés du soin des pèlerins, vinrent les trouver dans leur chambre. Ils donnèrent chacun un sourire pour exprimer la joie qu'ils avaient de ce que Christiana était devenue comme son mari. Ils étaient aussi fort contents de voir les enfants, et leur donnaient de petites tapes sur la joue en signe de la bonne amitié qu'ils leur portaient. Ils se conduisirent avec une égale bienveillance envers Miséricorde, et déclarèrent à tous qu'ils étaient les bienvenus dans la maison de leur maître.

Peu de temps après, comme on était à préparer le souper, M. l'Interprète voulut les faire passer dans ses chambres particulières, et leur montrer tous les objets merveilleux que Chrétien avait déjà eu occasion de voir quelque temps auparavant. Ils virent donc là : l'homme enfermé, la grotte de fer, l'homme effrayé par un songe, l'homme passant au travers de ses ennemis, de même que le portrait admirable de Celui qui est le plus beau entre les fils des hommes, et enfin bien d'autres choses qui doivent avoir été très utiles à Chrétien lui-même.

Cet examen étant achevé, et Christiana de même que son amie Miséricorde ayant, en quelque façon, digéré toutes ces choses, l'Interprète les prit encore en particulier, et les mena d'abord dans un cabinet où il y avait un homme qui tenait un racloir en sa main, et dont les yeux étaient sans cesse penchés vers la terre. Il y avait aussi au dessus de lui quelqu'un tenant dans ses mains une couronne céleste et lui offrant de l'échanger contre l'instrument dont il avait coutume de se servir pour ramasser la boue. Mais notre homme ne daignait pas même tourner ses regards en haut, et ne tenait aucun compte de ce qu'on lui disait ; il s'inquiétait seulement d'attirer à lui quelques brins de paille, des bûchettes, et la poussière de la terre.

Ici, Christiana fit cette observation : Il me semble, dit-elle, que je comprends un peu ce que cela signifie ; c'est l'image de l'homme du monde, n'est-ce pas, bon Monsieur ?

Ce que tu dis est vrai, continua l'Interprète, et le racloir qu'il a dans sa main, n'est autre chose que son esprit charnel. Tu as remarqué que le but unique de ses efforts était d'entasser quelques brins de paille et un peu de boue ; car son attention était tellement captivée par ces choses qu'il ne pouvait prêter l'oreille à celui qui l'appelait d'en haut. Eh bien ! cela nous montre que le ciel n'est considéré par quelques-uns que comme une fable, et que les choses d'ici-bas sont, au contraire, regardées comme tout ce qu'il y a d'essentiel. Lorsque tu as vu ensuite que cet homme avait constamment les yeux baissés vers la terre, c'était afin que tu comprisses que les objets terrestres éloignent entièrement de Dieu le cœur de ceux qui s'y attachent.

– Ah ! délivre-moi d'un tel penchant ! s'écria alors Christiana.

– Cette prière, dit l'Interprète, est une arme dont on a fait si peu usage jusqu'ici qu'elle est presque rouillée. A peine en trouverait-on un entre mille qui sache bien dire cette autre prière : « Ne me donne ni pauvreté, ni richesse. » ^{Prov.30.8} La boue des rues est maintenant aux yeux du grand nombre, la seule chose qui mérite d'être recherchée.

Sur cela Miséricorde et Christiana se dirent en pleurant : Ce n'est, hélas ! que trop vrai.

Dès que l'Interprète eut fini de leur expliquer cette figure, il les mena dans la plus belle chambre de la maison, et les invita ensuite à regarder de tous côtés pour voir s'il n'y aurait rien qui pût leur être utile. Elles parcoururent donc des yeux toute la chambre ; mais elles ne purent absolument rien découvrir. Il n'y avait, en effet, qu'une araignée suspendue au mur, qui échappa même à leur attention.

Miséricorde rompant enfin le silence : Mais, Monsieur, il n'y a rien, s'écria-t-elle, tandis que Christiana avait la bouche close.

– Regarde bien, lui dit encore l'Interprète.

Elle se mit donc à considérer de nouveau avec attention, après quoi elle déclara n'avoir rien remarqué, sinon une laide araignée qui se tenait cramponnée au mur au moyen de ses pattes. L'inter. Mais n'y a-t-il qu'une araignée dans toute cette vaste salle ?

A ces mots, Christiana laissa tomber une larme de ses yeux, et donna elle-même la réponse suivante, car c'était une femme de grande pénétration : « Oui, mon Seigneur, il y en a ici plusieurs ; et les araignées dont il s'agit sont même beaucoup plus venimeuses que celle-là. » Ce que l'Interprète ayant entendu il la regarda complaisamment en lui disant qu'elle avait bien jugé selon la vérité, que des créatures imparfaites, quelques beaux appartements que nous puissions habiter ; mais que par cette vilaine araignée, cette créature venimeuse, nous devions savoir comment s'exerce la foi, c'est ce qui n'était point entré dans mon esprit : nous voyons qu'elle travaille de ses mains, et habite jusque dans les palais somptueux des rois, en sorte que Dieu n'a rien fait en vain.

Ici, Miséricorde est toute confuse, et les jeunes garçons se couvrent la tête ; car ils commençaient tous maintenant à comprendre l'énigme.

L'Interprète continua ainsi son discours : L'araignée, ainsi que vous le voyez, saisit les mouches avec ses pattes, et cependant elle a sa demeure dans les palais des rois. ^{Prov.30.28} Or, ces choses sont ainsi rapportées afin de vous montrer que, bien qu'il y ait encore en vous le venin du péché, vous pouvez cependant avoir votre demeure, et par la main de la foi, vous cramponner dans la plus belle chambre de la maison qui appartient au Roi de la Cité céleste.

Christiana : – Je faisais la même comparaison ; cependant il m'eût été impossible de résoudre le problème d'une manière complète. Je pensais qu'il y a effectivement ressemblance entre nous et les araignées, attendu que nous ne sommes que des créatures imparfaites, quelques beaux appartements que nous puissions habiter ; mais que par cette vilaine araignée, cette créature venimeuse, nous devions savoir comment s'exerce la foi, ce qui n'était point entré dans mon esprit : nous voyons qu'elle travaille de ses mains, et habite jusque dans les palais somptueux des rois, en sorte que Dieu n'a rien fait en vain.

Nos voyageurs furent satisfaits de cette interprétation. Quoi qu'il en soit, ils se regardèrent les uns les autres d'un air de surprise, et s'inclinèrent respectueusement devant l'Interprète.

Il les mena ensuite dans un autre appartement, et appela pour quelques instants leur attention sur un fait particulier. Il y avait là une poule en compagnie de ses poussins dont l'un alla boire dans un petit baquet ; or, tandis qu'il buvait, il élevait par intervalles sa tête et ses yeux vers le ciel. Considérez, dit l'Interprète, ce que fait ce petit poussin, afin que vous appreniez, par son exemple, à être reconnaissants envers votre souverain Bienfaiteur, de telle sorte que, quand vous jouissez de ses bénédictions, vous n'oubliiez pas de porter vos regards en haut. Voyez encore, dit-il, la conduite de cette poule envers ses poussins. Là-dessus, les pèlerins observèrent les mouvements de la poule, et s'aperçurent qu'elle procédait de quatre manières différentes envers ses petits : Elle les appelait d'abord par un gloussement ordinaire qui se répète fréquemment dans la journée ; elle leur adressait un appel spécial ; mais cela n'avait lieu que par intervalles ; elle procédait sur un ton particulièrement tendre tandis qu'ils étaient recueillis sous ses ailes ; ^{Matt.23.37} elle faisait entendre un cri d'alarme.

Maintenant, continua l'Interprète, représentez-vous la conduite de votre Roi par celle de cette poule, et faites un rapprochement entre ses sujets et les poussins ; car l'un est l'emblème de l'autre. Dieu agit aussi envers les siens d'après une méthode qui lui est propre. Par son appel ordinaire, il ne leur donne rien ; par son appel spécial, il a toujours quelque chose à leur communiquer : il fait entendre aussi une douce voix à ceux qui se tiennent sous son aile, et il ne manque pas de donner le signal de l'alarme quand il voit venir l'ennemi.

J'ai préféré, mes bonnes amies, vous faire entrer dans la chambre où se trouve un tableau de toutes ces choses, pensant qu'un sujet ainsi approprié aux gens de votre sexe, vous serait plus facile à saisir.

Christiana : – Oh ! je vous prie, Monsieur, faites-nous voir encore d'autres choses.

Il les mena donc dans un abattoir où le boucher était occupé à tuer une brebis. Ils virent cette brebis paisible subir patiemment son sort sous le tranchant du couteau. – Vous devez apprendre par là, dit l'Interprète, à souffrir l'outrage et la peine sans proférer aucune plainte. Considérez bien cette brebis : on l'égorge, on la dépouille de sa peau, et elle ne fait aucun effort pour se débattre, elle n'a pas même l'air de se plaindre. Votre Roi vous nomme ses brebis.

Après cela, il les conduisit dans son jardin qui était parsemé de fleurs très diverses. –Voyez-vous bien tout ceci ? dit-il. – Oui, répondit Christiana.

Sur cela il leur fit observer comment ces fleurs différaient entre elles par leur stature, leur qualité, leur couleur, leur odeur, leur vertu, et enfin comment quelques-unes excellaient sur les autres en tous points. Il leur dit aussi qu'elles demeuraient chacune à la place qui lui avait été assignée par le jardinier sans se quereller, ni se porter envie les unes aux autres.

De là, il les mena dans son champ qui avait été ensemencé de blé et d'autres grains. Ici, ils trouvèrent que les épis de blé avaient été totalement retranchés, de telle façon qu'il n'y restait plus que les tiges, ce qui donna lieu à une observation de la part de l'Interprète :

– Cette terre, dit-il, a cependant été labourée ; elle a reçu de l'engrais et une bonne semence, mais que ferons-nous de cette paille ?

– Il faut en brûler une partie, répliqua Christiana, et consommer le reste pour du fumier.

– Vous voyez que le fruit est la chose essentielle, et c'est là vraisemblablement ce que vous recherchez. Ainsi, parce qu'il ne s'y en trouve point, vous condamnez la récolte à être détruite par le feu, ou à être foulée aux pieds par les hommes. Prenez garde qu'en cela vous ne prononciez votre propre condamnation.

En revenant de la campagne ils aperçurent un petit rouge-gorge tenant à son bec une grosse araignée. Cet incident devait fournir matière à de nouveaux entretiens. Frappée de la contradiction, Miséricorde témoigna d'abord de sa surprise, tandis que Christiana dit avec exclamation : Combien ceci fait disparate chez un joli petit oiseau comme le rouge-gorge lui qui se distingue de tous les autres par le plaisir qu'il paraît prendre à entretenir une espèce de sociabilité avec les hommes ! J'avais pensé jusqu'à présent que cet oiseau ne vivait que de miettes, ou de telle autre nourriture également saine. Je ne l'aime plus comme auparavant.

A cela l'Interprète répondit : Ce rouge-gorge est une image qui représente fidèlement certaines gens qui font profession de religion et dont l'apparence vous trompe. Ils parlent de manière à se faire admirer ; ils ont un extérieur agréable ; mais comme l'*écho*, ils rendent les sons qu'ils ont reçus. En outre, ils ont l'air de porter beaucoup d'affection aux âmes sincères, et surtout de faire cause commune avec elles, comme si c'était dans leur nature de vivre sur les miettes de l'homme de bien. C'est ainsi encore qu'ils prétendent avoir droit à tous les privilèges chrétiens, et parce qu'ils s'introduisent si facilement dans la société des gens pieux ils s'imaginent pouvoir participer aux institutions du Seigneur – mais lorsqu'ils sont seuls, comme, le rouge-gorge, ils sont bien aise de gober les araignées ! ils peuvent alors changer de régime, et boire l'iniquité comme l'eau. [Job.15.10]

7

SUITE AUX INSTRUCTIONS PRÉCÉDENTES

L'arbre vermoulu. – Le souper. – La musique. – Les pèlerins subissent un interrogatoire.

Quand ils furent de retour à la maison, le souper n'étant pas encore prêt, Christiana témoigna le désir de voir ou d'entendre quelque autre chose d'intéressant. Là-dessus, l'Interprète débuta de la manière suivante :

Il y a chez les femmes un désir d'avoir une belle parure ; mais l'ornement qui leur est bienséant consiste dans l'incorruptibilité d'un esprit doux et paisible, qui est de grand prix devant Dieu. ^{1Pier.3.4}

Il est plus aisé de veiller pendant une nuit ou deux, que de le faire pendant toute une année ; il est de même plus aisé de bien commencer dans la marche chrétienne, que d'y persévérer jusqu'à la fin.

Un capitaine de navire, au moment de la tempête, débarrasse volontiers son vaisseau de ce qui a le moins de valeur ; et qui voudrait se défaire premièrement de ce qu'il a de plus précieux, si ce n'est l'homme insensé ? ^{Mat.16.26}

Une seule fracture faite dans un vaisseau, occasionne la perte de tout l'équipage, et un seul péché attire sur l'homme une ruine totale.

L'homme qui oublie son ami se montre ingrat envers lui ; mais celui qui oublie son Sauveur est impitoyable pour lui-même.

Celui qui espère avoir part au bonheur à venir, tout en continuant à vivre dans le péché, ressemble à l'homme qui sèmerait de l'ivraie dans l'espérance de remplir ses greniers de froment.

Plus la truie est grasse, et plus elle cherche à se vautrer dans le bourbier ; plus le bœuf est gras, et plus il folâtre en allant à la tuerie ; plus l'homme voluptueux est en embonpoint, et plus il se trouve porté au mal.

Si quelqu'un veut bien vivre, qu'il fasse comme s'il en était à son dernier jour, et qu'il y pense sans cesse.

Si le monde auquel Dieu attache si peu de prix, est regardé par les hommes comme quelque chose de grande valeur, que doit être le ciel dont Dieu nous parle si avantageusement ? pour lui ; ils ont un beau feuillage tandis que leur cœur est comme un monde d'iniquité que Satan enflamme de ses dards.

S'il nous en coûte tant de quitter cette vie qui est accompagnée de tant de tourments, quelle ne doit pas être la vie d'en haut !

Chacun est porté à vanter la bonté des hommes, mais qui est-ce qui est touché, comme il devrait l'être, de la bonté de Dieu ?

Il est rare que nous prenions un repas sans laisser quelque reste sur la table. Il y a de même en Jésus-Christ de quoi répondre par ses mérites et sa justice aux besoins de tout le monde, et même au delà de ce qu'il lui en faut.

Quand l'Interprète eut achevé de prononcer tous ces discours sentencieux, il les mena de nouveau dans son jardin, et attira leur attention sur un arbre qui était tout pourri à l'intérieur, bien qu'à le juger par l'écorce et par le feuillage, il fût l'un des plus beaux. – Que veut dire ceci ? s'écria alors Miséricorde.

Interprète : – Cet arbre qui vous charme par son aspect extérieur, porte en lui-même le principe de la mort, et ne saurait, dans cet état, produire de bons fruits. On peut lui comparer bien des gens qui sont plantés dans le jardin de Dieu. Ceux-ci ont une bouche qui parle éloquemment des choses de Dieu, mais ils ne veulent rien faire pour lui ; ils ont un beau feuillage tandis que leur cœur est comme un monde d'iniquité que Satan enflamme de ses dards.

L'heure du souper étant alors venue, l'on s'occupa de dresser la table, et d'y mettre tout ce qui était nécessaire. Puis, lorsque l'un d'eux eut rendu grâce, ils s'assirent pour manger.

L'Interprète avait l'habitude d'égayer son monde pendant le repas en faisant exécuter des airs sur des instruments de musique. En conséquence, les musiciens se mirent à jouer chacun sa partie. Or, il se trouvait là une personne dont la voix était vraiment ravissante ; elle chanta un cantique dont voici les paroles :

> *L'Éternel est mon seul soutien ;*
> *A lui s'adresse ma prière.*
> *Je ne pourrai manquer de rien*
> *Puisque j'ai le Dieu fort pour père.*

Dès que le chant et la musique furent achevés, l'Interprète demanda à Christiana ce qui avait d'abord fait naître en elle le désir de se faire pèlerin. – C'est, répondit-elle, la perte de mon mari qui produisit mes premières impressions. Cette perte fut pour mon cœur une épreuve très douloureuse ; mais jusque-là mon angoisse provenait d'une affection naturelle plutôt que d'une conviction de péché. Je me représentai ensuite les afflictions et le voyage de mon mari ; et tandis que j'y réfléchissais, les torts que j'avais eus à son égard me revinrent à l'esprit. Le sentiment de ma culpabilité s'empara alors de ma conscience, et n'eût-ce été un songe qui fut le moyen de me procurer du soulagement, j'aurais probablement succombé sous le poids de la douleur, et me serais enfoncée dans le gouffre du désespoir. Ainsi, je vis dans mon songe quelqu'un qui, étant venu pour m'informer du bien-être actuel de mon mari, me remit une lettre de la part du roi de la contrée qu'il habite. Par cette lettre j'étais invitée à me rendre auprès de lui. Le songe, de même que la lettre, exerça sur mon âme une salutaire influence, et me détermina à prendre ce chemin.

Interprète : – Mais ne rencontrâtes-vous aucune opposition avant de partir ?

Christiana : – Oui ; une de mes voisines, madame Timide (elle était proche parente de celui qui aurait voulu persuader à mon mari de rebrousser chemin par crainte des lions), s'efforça de me décourager en se moquant de mon prétendu voyage désespéré, ainsi qu'elle se plaisait à l'appeler, et en me représentant les adversités et les tourments que mon mari eut à endurer sur la route. Je surmontai assez bien tout ceci ; mais je fus troublée par un songe dans lequel m'apparurent deux individus dont le seul aspect m'aurait déjà saisie d'effroi. Je jugeai qu'ils étaient animés d'intentions malveillantes, et qu'ils avaient conspiré contre moi pour me faire échouer dans mon projet de voyage. Ceci m'avait singulièrement troublée, et même aujourd'hui encore, j'ai de la peine à en revenir. J'éprouve toujours une certaine inquiétude à l'approche de quelqu'un, craignant qu'il n'ait formé un complot contre moi, et qu'il ne cherche à me détourner du vrai chemin. Je puis dire à mon Seigneur (quoique je ne voulusse pas que tout le monde le sût) qu'entre ce lieu-ci et la porte par où nous sommes entrés dans la voie, nous avons eu à soutenir les assauts les plus terribles, au point qu'il nous a fallu crier au secours à plusieurs reprises.

Interprète : – Ton commencement a été bon, mais ta dernière condition sera beaucoup accrue. Job.8.7

S'adressant ensuite à Miséricorde : Et toi, ma bien-aimée, qu'est-ce qui t'a déterminée à venir de ces côtés ?

A ces mots, le rouge monta au visage de Miséricorde, elle devint toute tremblante et resta muette pendant quelques instants.

– Ne crains point, reprit l'Interprète ; crois seulement, et dis ce que tu as à dire.

Elle commença donc à parler ainsi : En vérité, Monsieur, mon manque d'expérience me fait plutôt désirer de garder le silence, et je me sens toute troublée, car j'appréhende d'être, en définitive, prise au dépourvu. Je ne puis parler de visions ni de songes comme mon amie Christiana ; je ne sais pas non plus ce que c'est que le regret d'avoir refusé le conseil de bons parents qui cherchent à vous mettre dans la bonne voie.

Interprète : – Qu'est-ce donc, ma bien-aimée, qui t'a incitée à faire comme tu as fait ?

Miséricorde : – Eh bien, quand notre amie faisait son paquet pour s'éloigner de la ville, le sort voulut que je vinsse lui faire visite avec une autre personne du voisinage. Nous entrâmes chez elle après avoir frappé à la porte de sa maison. Voyant, par l'empressement qu'elle mettait à régler ses affaires, qu'elle se disposait à partir, nous lui demandâmes, saisies d'étonnement, ce qu'il y avait de nouveau. Elle nous avoua que son intention était de se rendre auprès de son mari ; or, pendant qu'elle nous racontait ces choses, il me semblait que mon cœur brillait au dedans de moi, et je disais en moi-même que si ce qu'elle nous disait était vrai, je quitterais mon père et ma mère, et mon pays natal, pour suivre Christiana.

Je l'interrogeai touchant la vérité de ces choses, et lui demandai de me laisser partir avec elle ; car j'ai toujours vu depuis lors qu'il n'est aucune habitation de notre ville qui ne soit menacée d'une ruine certaine. Enfin, je me mis en route pour la Cité céleste, le cœur angoissé, – non que je manquasse de bonne volonté pour entreprendre le voyage, mais parce que je laissais derrière moi un grand nombre de mes amies. J'ai donc suivi Christiana de tout mon cœur, et veux persévérer avec elle afin que je voie son mari et son roi, si cela m'est possible.

Interprète : – Le commencement de ton voyage est bon, car tu as ajouté foi à la vérité. Tu as fait comme Ruth qui, à cause de l'affection qu'elle portait à Nahomi et à l'Éternel son Dieu, quitta son père et sa mère, et le pays de sa naissance pour aller vers un peuple qu'elle ne connaissait point. « L'Éternel récompense ton œuvre, et que ton salaire soit entier de la part de l'Éternel, le Dieu d'Israël, sous les ailes duquel tu t'es venue retirer ! » [Ruth.2.11-12]

8

MISÉRICORDE JOUIT DE L'ASSURANCE DE SON SALUT

Les pèlerins sont sanctifiés ; – ils sont scellés de l'Esprit ; – ils ont revêtu Christ. – Interprète leur adjoint Grand-Cœur pour guide.

On avait fini le souper, et nos gens se préparaient à la retraite. Il fut décidé que les femmes auraient chacune un lit particulier, et que les enfants coucheraient ensemble. Mais il arriva que dans la nuit, Miséricorde ne pouvait dormir à cause de la joie qu'elle éprouvait, car les doutes et la crainte de ne pouvoir atteindre le but, avaient été entièrement bannis de son esprit. Elle veillait, en bénissant et louant Dieu qui lui avait accordé une si grande faveur.

Ils se levèrent à l'aube du jour ; et comme ils se disposaient à partir, l'Interprète les engagea à retarder un peu leur départ, leur faisant observer qu'il ne convenait pas de quitter ce lieu sans se mettre bien en ordre. S'adressant alors à la jeune fille qui la première était venue leur ouvrir la porte : Conduis-les, dit-il, jusqu'au bassin qui est au bout du jardin. Puis, tu les laveras et tu ôteras la poussière qui s'est attachée à eux durant le voyage. Ainsi, Simplicité leur fit traverser le jardin, et les mena jusqu'au réservoir. Là, elle leur expliqua pourquoi et comment ils devaient êtres nettoyés, selon l'ordre que le maître en a donné pour eux comme pour tous ceux qui s'arrêtent chez lui dans le cours de leur pèlerinage. Ils descendirent donc dans l'eau et furent lavés, tant les femmes que les enfants. Dès qu'ils eurent accompli cet acte, ils ne se trouvèrent pas seulement frais et propres, mais aussi bien ranimés et fortifiés dans tous leurs membres. En sorte que quand ils rentrèrent, ils avaient meilleure grâce que lorsqu'ils étaient sortis.

Ils étaient déjà de retour à la maison, lorsque l'Interprète les prit en particulier, et s'écria en les regardant : Vous voilà « frais comme l'aube du jour ! » Ensuite il se fit apporter le cachet dont il avait coutume de se servir pour sceller ceux qui avaient été plongés dans son réservoir. Il mit donc la marque sur eux afin qu'on put les reconnaître partout où ils iraient. Or, sur le sceau était gravé le *mémorial de la pâque* que les enfants d'Israël mangèrent quand ils sortirent du pays d'Égypte. [Exode.13.8,14] Ils furent donc marqués au front, ce qui ajouta considérablement à leur beauté, car cette marque ainsi placée, leur servait d'ornement. Ceci leur donnait en même temps un ton de gravité, et rendait leur visage semblable à celui des anges.

L'Interprète ordonna ensuite à la jeune fille qui assistait les femmes, d'aller chercher dans le vestibule des habits pour en couvrir les pèlerins. Ayant donc apporté des vêtements, elle leur commanda de s'en revêtir après les avoir déployés devant eux : c'étaient des robes de fin lin, blanc et pur. Quand les femmes se furent ainsi parées, l'on eût dit qu'elles étaient un sujet de terreur l'une à l'autre, car elles ne pouvaient point voir en elles cette gloire que chacune voyait chez l'autre. Il en résulta qu'elles commencèrent par estimer autrui plus excellent que soi-même. Elles raisonnaient entre elles de cette manière : « Vous êtes plus belle que moi, » à quoi l'autre répondait : « Non, vous avez meilleure façon que moi. » Les garçons n'étaient pas moins étonnés de voir quel changement il venait de s'opérer en eux.

Après cela, l'Interprète fit appeler l'un de ses hauts employés, un nommé Grand-Cœur, auquel il donna ordre de ceindre une épée, et de prendre un casque et un bouclier. Voici, lui dit-il, ces miennes filles que tu vas accompagner et conduire jusqu'à la maison Plein-de-Beauté, qui est le lieu où elles devront d'abord s'arrêter pour reprendre des forces. Le conducteur prit son armure et se mit à marcher devant elles. – Bien vous soit ! ajouta l'Interprète. Tous les gens de la maison les accompagnèrent également de leurs meilleurs souhaits.

Puis, nos pèlerins se mirent en route en chantant :

> *Ici, pour la deuxième fois,*
> *Dans le cours de notre voyage,*

*Nous avons entendu la voix
De celui qui nous dit : courage !
Ici, par le Seigneur guidés,
Ici, nous furent révélées
Les bonnes choses encore cachées,
A ceux qui nous ont précédés.*

9

CONSIDÉRATIONS SUR L'ŒUVRE DU CHRIST

La joie qui en découle pour l'âme. – Conclusion.

Je vis ensuite dans mon songe qu'ils continuaient leur chemin, et Grand-Cœur allait toujours devant eux. Ils arrivèrent enfin à l'endroit où Chrétien laissa tomber dans un sépulcre le fardeau qu'il portait sur ses épaules. Ils firent donc ici une halte, et bénirent Dieu.

– Maintenant, dit Christiana, je retrouve le souvenir de ce que l'on nous disait à la Porte-étroite, savoir, que nous aurions le pardon par la parole, c'est-à-dire par la promesse ; et par le fait, c'est-à-dire par l'acte au moyen duquel il est obtenu. Pour ce qui a rapport à la promesse, je crois en savoir quelque chose ; mais quant au moyen qui nous assure le pardon, c'est à vous, monsieur Grand-Cœur, qui êtes parfaitement instruit là-dessus, à nous en entretenir, s'il vous plaît.

Grand-Cœur : – Le pardon qui s'obtient par le fait, est un pardon acquis par quelqu'un à la place d'un autre qui en a besoin. Celui qui procure le pardon, n'est pas la personne pardonnée, remarquez-le bien, mais il nous l'assure par un moyen efficace. Donc, pour rendre la question plus générale, le pardon que vous et Miséricorde, de même que les enfants, avez reçu d'un autre, est le résultat de l'œuvre accomplie par celui qui vous a laissés entrer par la porte, et cela de deux manières. Il a satisfait à la justice pour vous protéger, et il a versé son sang pour vous laver de vos péchés.

Christiana : – Mais si nous sommes revêtus de sa justice, de quoi sera-t-il revêtu lui-même ?

Grand-Cœur : – Sa justice surpasse tout ce que l'on peut concevoir, et fait plus que de combler la mesure nécessaire pour vous et pour lui-même,

Christiana : – Expliquez-nous cela, je vous prie.

Grand-Cœur : – De tout mon cœur ; mais je dois vous dire d'entrée que celui dont nous parlons n'a pas son pareil. Il a deux natures dans une même personne, natures que l'on peut facilement distinguer, mais qu'il est impossible de séparer. Chacune d'elles a une justice qui lui est propre, et chaque justice est essentielle à sa nature ; de sorte que l'on ne peut pas plus séparer la justice de chacune de ces natures qu'on ne peut anéantir la nature elle-même. Mais cette justice qui est inhérente aux deux natures, c'est-à-dire, à sa divinité et à son humanité, n'est pas précisément ce dont nous sommes rendus participants, ni ce en vertu de quoi nous possédons la vie et devenons justes. Il a donc une autre justice qui se rattache à l'obéissance ou à l'accomplissement de la volonté révélée de Dieu ; et c'est celle-ci que le pécheur reçoit par imputation, et en vertu de laquelle ses péchés sont couverts. C'est pour cela qu'il est dit : « Car, comme par la désobéissance d'un seul homme plusieurs ont été rendus pécheurs, ainsi par l'obéissance d'un seul plusieurs seront rendus justes. » [Rom.5.19]

Christiana : – Mais est-ce que les autres justices ne sont d'aucune utilité pour nous ?

Grand-Cœur : – Oui, car bien qu'elles soient deux attributs essentiels de l'Homme-Dieu, nécessaires à son œuvre, et incommunicables, cependant c'est en vertu de celles-là que la justice justifiante remplit efficacement son but. La justice de sa divinité rend son obéissance effective ; la justice de son humanité donne vertu à son obéissance pour justifier.

Ainsi donc, il y a une justice dont Christ, l'Homme-Dieu, n'a nullement besoin en ce qui le concerne personnellement, et dont il peut, par conséquent, disposer en faveur de ceux qui ont besoin d'être justifiés. C'est pourquoi elle est appelée « le don de la justice, » et aussi « une justice justifiante. » [Rom.5.17-18] Puisque le Seigneur Jésus-Christ s'est soumis à la loi, il faut qu'aux termes mêmes de cette loi, celui qui a deux habits en donne un à celui qui n'en a pas ; car la loi ne l'oblige pas seulement à « accomplir toute justice, » mais aussi à exercer la charité. Or, le Seigneur a véritablement deux habits : un pour lui-même, un dont il peut se passer et qu'il donne à ceux qui en manquent. Voilà comment le pardon vous est accordé, à vous, Christiana, Miséricorde, et à tous ceux qui sont ici, étant le fait d'une œuvre accomplie par un autre. Le Christ, votre Seigneur, est celui qui a fait et accompli ce que maintenant il donne au premier venu qui implore sa grâce.

Mais je puis encore vous dire que pour nous procurer ce pardon, il a fallu qu'il offrît à Dieu un sacrifice coûteux pour payer la rançon, de même qu'il a fourni un manteau de justice pour nous en couvrir. Le péché nous avait placés sous les coups inexorables d'une juste loi ; de sorte qu'il était nécessaire que quelque chose de grand prix fût présenté à Dieu et accepté par lui, pour les fautes que nous avions commises, afin que nous fussions par là délivrés de la malédiction prononcée par la loi. Or, cette chose de grand prix, c'est le sang de votre Seigneur qui vint pour être votre substitut et votre garant, et qui souffrit la mort à votre place, à cause de vos transgressions. Ainsi, il vous a rachetés de vos péchés par son sang, et vous a revêtus de sa sainte justice. ^{Rom.8.34 ; Galat.3.13} Il s'ensuit que Dieu vous tient quittes, et qu'il ne vous infligera aucune peine quand il viendra pour juger le monde.

Christiana : – Excellent ! je vois maintenant qu'il importe beaucoup de comprendre comment on est pardonné par la parole et par le fait. Bonne Miséricorde, tâchons de nous rappeler cela. Et vous, mes enfants, gardez-le aussi dans votre souvenir. – Mais, Monsieur, n'est-ce pas cette vérité même qui débarrassa mon brave Chrétien de son pesant fardeau, et qui le fit tressaillir de joie ?

Grand-Cœur : – Oui, c'est en croyant à de telles vérités qu'il parvint à délier ses cordes, chose qu'il n'aurait jamais pu faire autrement. De même, s'il fut obligé de porter son fardeau jusqu'à la croix, c'était afin qu'il pût connaître par expérience la force de ces vérités.

Christiana : – C'est bien ce que je pensais ; cependant, si tout à l'heure je sentais déjà mon cœur à l'aise et dans la joie, maintenant je me trouve dix fois plus heureuse ; et je suis persuadée, d'après ce que j'éprouve (quoique je sois encore bien peu avancée dans cette expérience), qu'un homme qui gémirait au milieu de ce monde, sous le poids le plus accablant, trouverait ici un véritable soulagement, et que s'il pouvait voir et croire, seulement au même degré, ce que je vois et crois en ce moment, sa joie irait peut-être jusqu'au transport.

Grand-Cœur : – La vue et la considération de ce que Jésus a fait, ne nous procurent pas seulement une consolation en nous délivrant de cet état d'angoisse, mais elles engendrent en nous une nouvelle affection ; car, qui ne se sentirait pas pénétré d'amour en voyant de quelle manière et par quels moyens Jésus a opéré notre rédemption ?

Christiana : – Oui, vraiment ; il me semble que mon cœur se fond au dedans de moi en pensant qu'il a dû verser son sang pour moi. Oh ! quel tendre ami ! oh ! que je te bénisse, toi qui es si digne de me posséder ; car tu m'as rachetée. Tu t'es acquis tous les droits sur mon cœur, puisque, pour m'avoir, tu as donné plus de dix mille fois ce que je vaux. Ce n'est pas étonnant que les yeux de mon mari se soient mouillés de larmes, et que ses pieds aient été rendus si agiles à la course par la vue de tant d'amour. Je suis toute ravie par la pensée que je serai un jour avec lui. Mais que j'étais donc vile et coupable de le laisser partir seul ! O Miséricorde, plût à Dieu que ton père et ta mère fussent ici, ainsi que madame Timide ! Tiens, je souhaiterais de tout mon cœur que madame la Volupté elle-même fût ici. Elles trouveraient toutes de quoi faire battre leur cœur, et il est certain que la lâcheté de l'une, ni l'abominable convoitise de l'autre, ne seraient capables de leur faire abandonner le chemin du vrai bonheur pour s'en retourner chez elles.

Grand-Cœur : – Vous parlez à cette heure, avec une ardente affection. Pensez-vous qu'il en sera toujours ainsi de votre ferveur ? D'ailleurs, ce n'est pas une chose qui se communique à tout le monde. Même, parmi ceux qui ont vu mourir Jésus, il y en avait qui se tenaient près de la croix, qui voyaient le sang jaillir de son côté percé, et qui cependant étaient bien loin d'une telle expérience ; car, au lieu de se lamenter, ils se moquaient de lui, et au lieu de devenir par la suite ses disciples, ils ne firent qu'endurcir davantage leur cœur contre lui. D'où je conclus, mes bonnes amies, que ce que vous éprouvez, est l'effet d'une impression particulière produite par la vue de ce dont je viens de vous parler. Souvenez-vous de ce qui a été dit au sujet de la poule, savoir : que par son appel ordinaire, elle ne donne aucune nourriture à ses poussins. Ce que vous avez reçu est donc une grâce spéciale.

10

EXEMPLE DE L'INCONSIDÉRÉ, DU PARESSEUX ET DU TÉMÉRAIRE

Les temps difficiles sont caractérisés par un mélange d'erreur et de vérité, par le formalisme et l'hypocrisie. – Moyens d'éviter les chemins périlleux.

Je vis ensuite qu'ils continuèrent leur chemin jusqu'à l'endroit où l'Inconsidéré, le Paresseux et le Téméraire s'étaient endormis lorsque Chrétien vint à passer par là. Voici, ils étaient maintenant pendus sur un gibet de l'autre côté de la route !

Ici, Miséricorde demanda à celui qui était leur protecteur et leur guide, quels étaient ces trois personnages, et pour quel motif ils ont été mis au supplice.

Grand-Cœur : – Ce sont des gens de basse extraction ; ils n'avaient pas la moindre intention de se faire pèlerins, et auraient fait tout leur possible pour empêcher d'autres de le devenir. Ils étaient amateurs de la paresse et de la folie, et cherchaient à se faire imiter de quiconque voulait les écouter. Nonobstant, ils portaient leurs semblables à présumer d'eux-mêmes, en leur insinuant que d'une manière ou d'une autre ils parviendraient facilement au but. Lorsque Chrétien arriva dans ce lieu, il les trouva plongés dans un profond sommeil, et maintenant, à votre tour, vous les voyez à la potence.

Miséricorde : – Mais réussirent-ils jamais à faire partager leur opinion à quelqu'un ?

Grand-Cœur : – Oui ; plusieurs ont été détournés par eux du bon chemin. Ils persuadèrent un nommé Lenteur qui se laissa aussi entraîner par leur exemple. Ils prévalurent encore sur quelques autres, tels que Courte-Haleine, Sans-Cœur, Aimant-la-Convoitise, Dormeur, et une jeune femme nommée Stupidité. Ils ont d'ailleurs rendu un bien mauvais témoignage à notre Seigneur en le représentant devant les autres comme un homme dur. Ils ont même discrédité le bon pays en disant qu'il n'a pas la moitié des avantages que quelques-uns lui prêtent. Enfin, ils n'ont pas craint d'avilir les serviteurs du Très-Haut, et de considérer les meilleurs d'entre eux comme des gens importuns et oisifs, qui s'ingèrent dans les affaires d'autrui. Ils auraient appelé, par exemple : le pain de Dieu, des gousses ; les consolations de son peuple, des illusions ; le travail et les combats des pèlerins, des niaiseries.

Christiana : – Ah ! s'ils ont eu une conduite si indigne, je ne les plains pas ; ils ont bien mérité ce qui leur est arrivé. De plus, je regarde comme une bonne chose qu'ils aient été mis en spectacle tout près du grand chemin, afin que ceux qui viendront à passer par là, prennent garde à eux-mêmes et profitent de l'avertissement. Mais n'aurait-on pas également bien fait de graver leurs crimes sur une colonne de fer ou d'airain, et d'en perpétuer la mémoire dans tous les lieux où ils commirent leurs méchancetés, afin que s'il y a encore des gens de leur espèce, ils soient amenés à réfléchir sur le danger qu'ils courent ?

Grand-Cœur : – C'est précisément ce que l'on a fait, et pour vous en convaincre vous n'avez qu'à avancer un peu vers la muraille.

Miséricorde : – Eh bien ! qu'ils demeurent pendus, que leur nom périsse, et que leurs crimes témoignent à jamais contre eux ! Je crois que nous pourrons nous féliciter de ce qu'ils ont été exécutés avant notre arrivée dans ce lieu ; car qui peut dire tout le mal qu'ils étaient capables de faire à de pauvres femmes comme nous ?

Ayant dit cela, elle en fit le sujet d'un cantique dont voici les paroles :

> *Vous voilà donc tous trois à la potence ;*
> *Par le péché vous êtes réunis.*
> *Or, Dieu vous montre ici votre impuissance :*
> *Vous fîtes mal, et vous êtes punis.*
> *Et vous servez d'exemple aux ennemis*
> *Du pèlerin qui vers Dieu s'achemine.*
> *Vous qui voulez l'égarer en chemin,*

> *Méchants esprits que le démon domine,*
> *Si vous voulez fuir une triste fin*
> *Ne faites plus la guerre au pèlerin.*
> *Et toi, mon âme, à ces méchants prends garde ;*
> *Car ils sont ennemis de toute sainteté.*
> *Cours au Seigneur, il t'aime, il te regarde.*
> *Par son amour le juste est abrité.*

Puis, ils continuèrent leur chemin jusqu'à ce qu'ils arrivèrent au pied du coteau des Difficultés. Leur fidèle ami, M. Grand-Cœur, eut encore occasion de leur raconter les aventures de Chrétien en cet endroit. Il les conduisit d'abord vers la fontaine où Chrétien était venu se rafraîchir avant de monter la colline. A cette époque, dit-il, l'eau que vous voyez ici était limpide et bonne, mais aujourd'hui, elle est toute bourbeuse, comme si quelqu'un en y jetant de la terre avec les pieds, eût voulu la troubler à dessein pour empêcher les voyageurs de s'y désaltérer. Ezéch.34.18 Sur quoi Miséricorde fit éclater sa surprise, et dit : Comment se fait-il qu'il y ait des gens qui portent l'envie à ce point ! – Mais tout ira bien pour vous, reprit le guide, si seulement vous avez le soin de mettre de cette eau dans un vase convenablement préparé, car il arrivera par ce moyen que la terre formera son dépôt de telle façon que l'eau en deviendra plus claire. Christiana et ses compagnons suivirent donc cette prescription, c'est-à-dire qu'ils puisèrent de l'eau, la versèrent dans un vase de terre, et la laissèrent s'y clarifier jusqu'à ce que toutes les impuretés eussent tombé au fond. Il résulta de ce procédé qu'ils purent tous se rafraîchir.

Il leur montra ensuite les deux sentiers détournés qui se trouvent au pied du coteau, et où le Formaliste, et l'Hypocrite s'étaient égarés. Ce sont là des chemins dangereux, dit-il, où vinrent se perdre deux individus qui avaient résolu d'y marcher quand Chrétien les y rencontra. Bien que ces chemins aient été depuis lors interceptés, comme vous le voyez, par des chaînes, des piliers et des fosses, cependant il y en a qui sont assez téméraires pour s'y engager plutôt que de se donner la peine de monter la colline.

Christiana : – « La voie de ceux qui agissent perfidement est raboteuse. » Prov.13.15 C'est encore une chose merveilleuse qu'ils puissent s'y fourvoyer sans craindre de se casser le cou.

Grand-Cœur : – Ils s'exposeront au danger plutôt qu'ils ne le fuiront, et si même il arrive que l'un des serviteurs du Roi les aperçoive, les appelle, et cherche à leur montrer qu'ils prennent une fausse route, ils répondront par des railleries ou bien ils diront : « Quant à la parole que tu nous as dite au nom de l'Éternel, nous ne t'écouterons point, mais nous ferons assurément tout ce qui est sorti de notre bouche. » [Jér.44.16-17] Il y a plus : Si vous jetez les yeux un peu plus loin, vous remarquerez qu'indépendamment des signaux que nous avons indiqués, les chemins sont obstrués par une haie d'épines qui les bouche de tous côtés. [Osée.2.6] Malgré cela, il y a bien des gens qui préfèrent aller dans cette direction.

Christiana : – Ce sont des paresseux ; ils n'aiment pas se donner la moindre peine, le chemin par où il faudrait monter leur déplaît souverainement. Ici l'on voit encore s'accomplir ce qui est écrit à leur sujet : « La voie du paresseux est comme une haie de ronces. » [Prov.15.19] La vérité est qu'ils choisissent les mauvais chemins et se laissent prendre dans les pièges, plutôt que de gravir la colline et de suivre le chemin qui aboutit à la Cité céleste.

Nos pèlerins marchèrent donc en avant, et eurent bientôt gagné du chemin en suivant la montée. Cependant, ils n'étaient pas encore parvenus au sommet du coteau, que Christiana commença à être essoufflée. Holà, s'écria-t-elle ; c'est ici une rude, montée. Il n'est pas étonnant que ceux qui tiennent au bien-être matériel de cette vie plus qu'aux intérêts de leurs âmes, préfèrent suivre un sentier plus commode. – Il faut que je m'asseye, reprit à son tour Miséricorde. – Enfin le plus jeune des enfants se mit aussi à crier de fatigue.

Grand-Cœur les exhorta à prendre courage : Venez, dit-il ; ne vous arrêtez pas ici, car un peu plus haut nous trouverons une loge que notre prince a fait construire pour le repos des pèlerins. Il prit ensuite le tout petit garçon par la main afin de le conduire jusque-là.

Quand ils furent arrivés au lieu où était la loge, chacun fut bien aise de s'asseoir et de se reposer, car ils étaient accablés de lassitude et de chaleur. Ici Miséricorde se prit à dire : Que le repos est doux pour ceux qui sont fatigués ! [Matt.11.28] Et combien grande est la bonté du Prince des pèlerins qui leur fait trouver en cet endroit un repos si délicieux ! J'ai beaucoup entendu parler de cette haute retraite, mais jusqu'à présent je ne l'avais jamais vue. Gardons-nous bien, toutefois, de nous livrer au sommeil par ici, car j'ai appris qu'il en avait beaucoup coûté au pauvre Chrétien pour s'y être endormi.

11

DIFFICULTÉS VAINCUES

L'âme recueillie jouit des faveurs qu'elle a reçues. – Suites d'un oubli ou d'une négligence. – Le chemin est difficile à retrouver quand tout est en désordre. – La fidélité mise à l'épreuve. Il faut la sagesse et le courage d'un Grand-Cœur pour combattre le géant Sanguinaire.

Grand-Cœur, s'adressant ensuite aux plus faibles d'entre eux : Eh bien ! mes petits amis, leur dit-il, comment cela vous va-t-il ? Quelle idée vous faites-vous maintenant du pèlerinage ?

Monsieur, lui répondit le plus jeune, je croyais un moment ne pouvoir plus y tenir ; je vous remercie de ce que vous m'avez tendu la main alors que j'en avais un si pressant besoin. Je me souviens à cette heure de ce que ma mère me disait souvent, savoir : que le chemin du ciel est comme une échelle, tandis que le chemin de l'enfer est comme une descente rapide. Mais j'aime mieux monter par degrés l'échelle qui mène à la vie, que de descendre par le chemin de la mort.

Miséricorde : – Cependant, le proverbe dit qu'il est plus aisé de descendre que de monter.

– Oui, répliqua Jacques (car il se nommait ainsi) ; mais la descente est autant dangereuse que la montée est difficile, et le jour vient où, selon moi, il sera infiniment plus pénible de descendre que de monter.

Grand-Cœur : – Ta réflexion est juste, mon garçon ; je suis satisfait de la réponse que tu viens de lui donner. – On vit alors un sourire effleurer les lèvres de Miséricorde, tandis que le jeune homme ne put s'empêcher de rougir.

Christiana : – Eh bien ! Ne prendriez-vous pas quelque chose pour vous rafraîchir la bouche pendant que vous laissez reposer vos jambes ? J'ai ici quelque peu de grenade que M. l'Interprète m'a mis entre les mains au moment même où je prenais congé de lui ; il m'a donné aussi un flacon de liqueur et un rayon de miel.

Miséricorde : – Je présumais qu'il voulait vous donner quelque chose, quand il vous a appelée en particulier.

– Oui, dit une autre voix, il a eu vraiment cette bonté-là.

Christiana : – Quoi qu'il en soit, ce qui a été résolu arrivera : il faut que tu partages avec moi le bien que je possède, selon la promesse que je te fis dès le premier jour, quand nous quittâmes ensemble le pays ; car tu mis beaucoup de bonne volonté à devenir ma compagne !

Là-dessus, elle leur distribua de ses provisions. Puis, se tournant vers M. Grand-Cœur : Monsieur, lui dit-elle, ne voulez-vous pas faire comme nous ? à quoi il répondit : Vous autres, vous êtes obligés de continuer votre chemin, tandis que je vais bientôt m'en retourner. Vous avez là des mets excellents ; puissiez-vous en tirer un bon parti. Pour moi, quand je suis à la maison, je me nourris tous les jours de ces choses.

Quand ils eurent mangé et bu, et qu'ils eurent passablement causé entre eux, le guide remarqua que le jour étant sur son déclin, il était nécessaire de se préparer au départ. Ils se levèrent donc, et partirent. Les plus jeunes marchaient devant. Or, il était arrivé que Christiana avait oublié de prendre sa bouteille. Elle fut par conséquent obligée de l'envoyer chercher par l'un de ses garçons. Ici, Miséricorde remarqua que le lieu était loin de leur être favorable. C'est là, dit-elle, que Chrétien perdit son témoignage, et c'est encore là que Christiana vient de perdre sa bouteille. Elle s'adressa ensuite au guide pour savoir ce qu'il en fallait conclure.

Grand-Cœur : – C'est dans le sommeil et dans l'oubli qu'il faut chercher la cause de tous ces tourments. Quelques-uns dorment quand ils devraient veiller, et d'autres oublient quand ils devraient garder le souvenir. C'est là ce qui explique pourquoi quelques voyageurs sont souvent en retard pour certaines choses, après avoir été à leur aise dans des lieux comme celui-ci. Les pèlerins devraient sans cesse veiller et se rappeler ce qu'ils ont déjà reçu dans leurs moments les plus heureux. C'est souvent parce qu'ils ont été négligents sur ces points que leur joie se change en tristesse, et leur sérénité s'assombrit : témoin la circonstance de Chrétien en ce même endroit.

Dès qu'ils furent arrivés au lieu où le Timide et le Défiant étaient venus à la rencontre de Chrétien pour l'engager à rebrousser chemin par la crainte des lions, ils aperçurent une espèce de potence devant laquelle était dressée une enseigne portant cette inscription :

> *Que celui qui vendra à passer par ici*
> *Prenne garde à son cœur et à sa langue,*
> *De peur qu'il ne lui arrive*
> *Ce qui est arrivé à plusieurs en d'autres temps.*

Les paroles qui se lisaient au dessus de l'enseigne, étaient celles-ci : « Cette potence a été élevée pour servir d'avertissement à tous ceux qui vont en pèlerinage, et leur rappeler que ce n'est pas impunément que quelqu'un refuse de poursuivre son chemin par motif de défiance ou de timidité. C'est ici que le Timide et le Défiant furent punis en ayant la langue brûlée avec un fer chaud, pour avoir voulu empêcher Chrétien de poursuivre son voyage. »

Tout cela, dit Miséricorde, a certainement beaucoup de rapport avec ce langage du Bien-aimé : « Que te donnera, et à quoi te profitera la langue trompeuse ? Ce sont des flèches aiguës tirées par un homme puissant, et des charbons de genièvre. » Psa.120.3-4

Cependant ils continuèrent à marcher jusqu'à ce qu'ils se trouvèrent à la vue des lions. Or, M. Grand-Cœur était un homme fort, en même temps que courageux ; en sorte qu'il n'avait pas à redouter l'approche des lions. Malgré cela, les enfants qui s'étaient le plus avancés du lieu occupé par ces bêtes féroces, se hâtèrent de rebrousser chemin, car ils étaient tout épouvantés. Ils s'en retournèrent donc bien vite, et se placèrent derrière les autres.

Sur cela le guide leur dit en souriant : Voyez donc, mes enfants, comme vous aimez à vous mettre en avant lorsque vos yeux n'aperçoivent aucun danger, et combien vous aimez à rester en arrière dès que les lions paraissent devant vous !

Puis, M. Grand-Cœur voulant frayer la voie aux pèlerins, tira son épée comme pour défier les lions. Mais, comme ils allaient en avant, il survint tout à coup un individu qui paraissait vouloir faire cause commune avec les lions. Il s'adressa au guide en ces termes : Dans quelle intention es-tu venu ici ? Cet homme était Sanguinaire surnommé le Rechigné. Il appartenait à la race des géants, et en voulait à la vie des pèlerins. Le guide, indigné de ses arrogantes paroles, lui répondit en ces termes :

– Ces femmes et ces enfants vont en pèlerinage, et c'est ici le chemin qu'ils doivent suivre, et ils le suivront malgré toi et tes lions.

Sanguinaire : – Ce n'est pas ici le chemin, et je leur défends d'y passer. Je suis venu dans l'intention de m'opposer à eux ; c'est aussi pour cela que j'ai pris le parti des lions.

Pour dire la vérité, le chemin était devenu, en quelque sorte, impraticable. Depuis longtemps il était si peu fréquenté à cause du rugissement des lions qu'il avait fini par se couvrir d'herbes et de broussailles, ce qui le rendait méconnaissable.

Christiana : – Quoique les grands chemins du Roi soient depuis longtemps déserts, et que les voyageurs aient été, dans les siècles passés, induits à prendre des voies détournées, ce n'est pas une raison pour que les choses marchent de cette manière, maintenant que « j'ai été suscitée pour être mère en Israël. » [Juges.5.6-7]

Cet homme de sang, ayant juré par les lions qu'il en serait toujours ainsi, les invita encore à se détourner, et leur déclara que le passage était absolument interdit. Là-dessus le guide se disposa à l'attaquer, et commença par lui porter un coup d'épée ; il fit si bien que, du premier coup, il obligea son adversaire de battre en retraite.

– Veux-tu donc me tuer sur mon propre terrain, s'écria alors celui qui faisait cause commune avec les lions ?

Grand-Cœur : – Nous sommes dans le sentier de notre Souverain, et c'est là que tu as eu l'audace de poster les lions ! Mais qu'importe ? ces femmes et ces enfants, tout faibles qu'ils sont, n'en poursuivront pas moins ce chemin, quels que soient les efforts que vous tentiez pour les en empêcher.

Cela dit, il dirigea sur lui un second coup, et le lui appliqua avec tant de force qu'il le fit tomber sur ses genoux, brisa son bouclier, et lui cassa un bras. Dès lors le géant se mit à rugir d'une manière affreuse, au point que les femmes en furent comme saisies de frayeur ; cependant elles éprouvèrent une grande satisfaction quand elles le virent étendu par terre. Or, les lions se trouvaient enchaînés ; de sorte qu'ils ne pouvaient rien faire par eux-mêmes. C'est pourquoi, lorsque le vieux Rechigné qui avait pris part à leur conspiration, ne donna plus aucun signe de vie,

Grand-Cœur dit aux pèlerins : venez maintenant, et suivez-moi, car il ne vous arrivera aucun mal.

Ils se mirent donc à marcher tous ensemble ; mais les femmes tremblaient de tous leurs membres quand elles vinrent à passer à côté des lions ; les enfants aussi pâlirent comme la mort. Quoi qu'il en soit, ils passèrent tout près d'eux sans en recevoir aucun mal.

12

LES PÈLERINS ARRIVENT À LA LOGE DU PORTIER

Grand-Cœur prend congé d'eux. – Bon accueil du chef de la famille. – L'agneau pascal. – Une vision. – L'âme réveillée recherche les vertus chrétiennes.

Ils se hâtèrent d'arriver à un endroit d'où ils pouvaient voir la loge du Portier ; ils se sentirent d'autant plus pressés d'y arriver qu'ils savaient combien il est dangereux de se trouver par là, surtout quand on y est surpris par la nuit. Ils allèrent donc jusqu'à la porte, et le Portier ayant entendu frapper, demanda qui était là. A peine le guide eut il prononcé les mots : « C'est moi, » que son ami le reconnut au ton de sa voix. (Car le guide, en sa qualité de conducteur de pèlerins, avait souvent eu occasion de s'y présenter.)

Le Portier s'empressa donc de descendre, et ayant ouvert la porte, il n'aperçut d'abord que le guide, les femmes se tenant derrière lui. – Eh ! monsieur Grand-Cœur, quelle affaire vous amène par ici si tard ?

Grand-Cœur : – J'ai été chargé de la conduite de quelques pèlerins, et il faut que, selon le commandement de mon maître, ils logent ici cette nuit. Je serais arrivé il y a déjà quelque temps, si je n'avais eu à combattre un géant qui s'est fortement opposé à notre passage. Mais après une lutte longue et pénible, j'ai fini par le vaincre, et m'étant débarrassé de lui, j'ai pu continuer mon chemin, et amener les pèlerins en sûreté jusqu'ici.

Portier : – Ne voulez-vous pas entrer et demeurer chez nous jusqu'au matin ?

Grand-Cœur : – Non, je désire m'en retourner ce soir auprès de mon souverain.

Christiana : – Ah ! Monsieur, je ne sais comment me réconcilier avec la pensée que vous allez nous quitter. Vous avez été si aimable et si fidèle ; vous avez combattu si vaillamment pour nous ; vous vous êtes montré si compatissant, et vous nous avez donné de si bons conseils que je n'oublierai jamais votre conduite à notre égard.

Miser, en soupirant : Que n'avons-nous ta compagnie jusqu'au terme de notre voyage ! Comment de pauvres femmes comme nous pourront-elles, sans le secours d'un ami ou d'un défenseur, se maintenir dans un chemin où l'on rencontre tant de maux ?

Jacques, le plus jeune des garçons, dit de son côté : Monsieur, soyez assez bon pour vous laisser persuader d'aller avec nous afin de nous être en aide, car nous sommes faibles, et le voyage est périlleux.

Grand-Cœur : – Je suis sous les ordres de mon maître : s'il m'accorde de vous accompagner pendant tout le voyage, je suis bien disposé à vous être utile. Mais vous avez manqué sur un point dès le commencement ; car lorsque le Seigneur me fit le commandement de vous accompagner jusqu'en ce lieu, vous auriez dû lui demander que je fisse tout le trajet avec vous, et il vous eût accordé cette faveur. Quoi qu'il en soit, pour le présent, il faut que je me retire. Ainsi donc, ma bonne Christiana, Miséricorde, et vous, mes braves enfants, au revoir.

Je vis ensuite que le Portier, M. Vigilant, interrogeait Christiana sur son pays et sa parenté, sur quoi elle répondit : Je viens de la ville de Perdition ; je suis une femme veuve, et mon mari s'appelait Chrétien le pèlerin. – Comment ! s'écria le Portier, Chrétien était votre mari ? – Oui, et ceux-ci sont ses enfants. Cette fille (montrant Miséricorde) vient aussi de ma ville natale. Là-dessus le Portier tira la sonnette, suivant une coutume qui est observée en pareille circonstance, et aussitôt se présenta à la porte l'une de ces filles que l'on appelle du nom de Modestie. Le Portier lui ayant fait signe d'aller annoncer aux gens de la maison l'arrivée de Christiana et de ses enfants, elle y courut bien vite. Pendant que Christiana était là, dans l'attente, plusieurs s'empressèrent de venir à la loge. Mais qui pourrait dire la joie que causa parmi les assistants la nouvelle de son arrivée ? Au récit de la jeune fille, le palais retentit des acclamations les plus vives.

Or, parmi la multitude des assistants qui accourent sur le seuil de la porte, il y en eut quelques-uns des plus graves qui souhaitèrent la bienvenue à Christiana : Entre, toi, femme de ce brave homme, lui disaient-ils ; entre, ô bienheureuse ! avec tout ce qui t'appartient. – Elle entra donc, elle et ses enfants, de même que sa compagne. Ils ne furent pas plutôt introduits dans la maison qu'on les mena dans une chambre spacieuse, et sur l'invitation qui leur fut faite, ils prirent chacun un siège. On envoya en même temps appeler le chef de la famille pour accueillir les nouveaux hôtes. Il ne tarda pas à faire son apparition, et vu la connaissance intime où ils étaient les uns des autres, ils se saluèrent mutuellement par un baiser. – « Soyez les bien-venus », leur dit-il ; « vous, les vaisseaux de la grâce de Dieu, vous êtes les bien-venus auprès de nous qui sommes vos amis sincères ! » Comme c'était très avant dans la nuit, qu'ils se trouvaient fatigués du voyage, et qu'ils se ressentaient encore de l'impression produite par la vue des lions et de la terrible bataille, les pèlerins témoignèrent le désir d'aller prendre du repos le plus tôt possible. Mais, dirent les habitants de la maison, il faut auparavant que vous vous restauriez ; or, on venait de leur préparer un agneau avec l'assaisonnement ordinaire. $^{Exod.12.21\ ;\ Jean.1.29}$ Il est bon de remarquer que le Portier ayant été informé d'avance de leur arrivée, avait été l'annoncer à ceux du dedans. Lors donc qu'ils eurent soupé, et qu'ils eurent terminé le chant et la prière, ils voulurent aller se livrer au repos. Maintenant, dit Christiana, s'il nous est permis de faire un choix sans abuser de notre liberté, nous voudrions coucher dans la chambre qu'occupa mon mari lorsqu'il était ici. Le maître consentit volontiers à cette proposition, et les fit monter dans cette chambre où chacun prit possession du lit qui lui était destiné. $^{Jean.1.39}$ Quand tout le monde fut couché, Christiana et Miséricorde entrèrent en conversation sur des sujets en rapport avec la circonstance.

Christiana : – Lorsque mon mari partit en pèlerinage, j'étais bien loin de penser que je dusse jamais suivre ses traces.

Miséricorde : – Vous ne vous attendiez pas non plus à habiter le même appartement, ni à coucher dans le même lit, comme cela vous arrive aujourd'hui.

Christiana : – Je comptais bien moins encore sur la perspective de voir un jour son visage, et d'adorer avec lui le Seigneur notre Roi ; et voici que maintenant j'ai cette consolante assurance.

Miséricorde : – Écoutez... N'entendez-vous pas quelque bruit ?

Christiana : – En effet, je crois entendre le son d'une mélodie, ce qui témoignerait de la joie qu'a pu causer notre arrivée dans la maison.

Miséricorde : – C'est vraiment admirable ! mélodie dans la maison, mélodie dans le cœur, mélodie encore dans le ciel, par ce que nous sommes venus en ce lieu.

C'est ainsi qu'elles s'entretenaient jusqu'à ce qu'enfin elles s'endormirent. Le lendemain, à leur réveil, elles reprirent leur conversation. Christiana commença de la manière suivante :

– Pourquoi as-tu ri dans la nuit pendant que tu dormais ? Tu rêvais, sans doute.

Miséricorde : – Il est vrai que j'ai fait un rêve, et que j'ai vu dans ce rêve des choses très intéressantes ; mais es-tu bien sûre que j'aie ri ?

Christiana : – Oui, tu as ri, et tu y allais même de bon cœur ; mais, je t'en prie, Miséricorde, veuille me dire ce qui occupait alors ton esprit.

Miséricorde : – Il me semblait que j'étais assise dans un lieu solitaire, et que là je m'étais mise à considérer la dureté de mon cœur. Je n'étais pas encore demeurée longtemps en cet endroit, que je crus apercevoir un assez grand nombre de personnes réunies autour de moi, me regardant et voulant connaître le sujet de mon inquiétude. Elles m'écoutèrent donc pendant que je continuais ainsi à me plaindre de la dureté de mon cœur. C'est alors que quelques-unes d'entre elles se moquèrent de moi ; d'autres me traitèrent de folle ; il y en eut même qui commençaient à me pousser brutalement. En ce moment, j'élevai mes regards vers le ciel, et il me sembla voir quelqu'un porté sur des ailes, se dirigeant vers moi. Ce personnage s'approchait sensiblement, lorsqu'il me cria : « Qu'as-tu, Miséricorde ? » Il n'eut pas plutôt pris connaissance de la cause de mes chagrins qu'il fit résonner à mes oreilles cette précieuse parole : « Que la paix soit avec toi ! » Puis, il essuya mes larmes avec son mouchoir, il me revêtit d'or et d'argent, il me mit un collier au cou, des boucles aux oreilles, et posa sur ma tête une superbe couronne. ^{Ezéch.16.8-13} Il me prit ensuite par la main et m'invita à le suivre, ce que je fis volontiers. Il me mena sur les hauteurs où se trouve une grande porte d'or. Comme il n'avait qu'à heurter pour la faire ouvrir, nous entrâmes sans difficulté. De là je le suivis jusqu'au pied d'un trône sur lequel était assis un grand personnage dont j'entendis la voix me dire : « Sois la bienvenue, ma fille ! » Tout parut briller en cet endroit comme le scintillement des étoiles, ou plutôt comme la splendeur du soleil ; je crus y voir aussi votre mari. Là-dessus je me suis réveillée ; mais ai-je ri véritablement ?

Christiana : – Si tu as ri ! oui, certainement, et il y avait bien quelque raison pour cela, autrement tu ne te serais pas trouvée au milieu de tant de félicité. Permets-moi donc de te dire que tu as eu un rêve excellent, et que, comme tu as commencé par en reconnaître une partie vraie, tu finiras par te convaincre que le reste l'est également. « Le Dieu fort parle une première fois, et une seconde fois à celui qui n'aura pas pris garde à la première, par des songes, par des visions de nuit, quand un profond sommeil tombe sur les hommes, lorsqu'ils dorment dans leur lit. » ^(Job.33.14,16) Nous n'avons pas besoin, quand nous sommes couchés, d'être éveillés pour parler avec Dieu ; il peut, si cela lui convient, nous visiter pendant que nous dormons, et nous faire entendre sa voix. Il arrive souvent que notre cœur veille pendant le sommeil, et Dieu peut alors lui parler par des voix, par des proverbes, par des signes et des similitudes, tout comme si nous étions éveillés.

Miséricorde : – Eh bien, je suis contente de mon rêve ; car j'espère le voir accompli avant qu'il soit bien longtemps, et cela encore à ma grande joie.

Christiana : – Je crois qu'il est temps de nous lever, et de savoir ce que nous devons faire.

Miséricorde : – Pour moi, je serais d'avis, au cas où l'on voudrait nous conseiller de passer ici quelques jours, que nous acceptassions l'invitation sans hésiter, car je tiens à me lier plus étroitement avec ces dames de la maison. Mon jugement est que Prudence, Piété et Charité, ont une physionomie très agréable en même temps que très sérieuse.

Christiana : – En tous cas, nous verrons ce que l'on nous proposera.

13

ILS ACCEPTENT DE PASSER UN MOIS CHEZ LE PORTIER

Prudence catéchise les enfants. – Miséricorde reçoit la visite du Réveillé. – Opposition entre leurs principes.

Dès que chacun fut levé et habillé, ils descendirent au salon où ayant rejoint les personnes de la veille, ils se saluèrent réciproquement et se demandèrent comment ils avaient reposé.

– Parfaitement, répondit Miséricorde, ça été pour moi une des meilleures nuits que j'aie jamais eues de ma vie.

– Eh bien, dirent Prudence et Piété, si nous pouvons vous persuader de rester ici quelques jours, vous aurez tout ce que la maison peut vous offrir de mieux.

– Oui, et avec cela un bon cœur, ajouta Charité.

Ainsi, ils consentirent à demeurer là environ un mois, se promettant bien de mettre tout ce temps à profit. Or, comme Prudence était désireuse de savoir sur quel pied Christiana avait élevé ses enfants, elle lui demanda la permission de les interroger successivement, ce qu'elle lui accorda très volontiers.

Elle commença donc par le plus jeune qui s'appelait Jacques : Cher enfant, lui dit-elle, peux-tu me dire qui t'a créé ?

Jacques : – Dieu le Père, Dieu le Fils, et Dieu le Saint-Esprit.

Prudence : – C'est bien, mon garçon ; et peux-tu me dire qui t'a sauvé ?

Jacques : – Dieu le Père, Dieu le Fils, et Dieu le Saint-Esprit.

Prudence : – C'est encore bon. Mais comment comprends-tu que Dieu le Père t'a sauvé ?

Jacques : – Par sa grâce.

Prudence : – Comment Dieu le Fils te sauve-t-il ?

Jacques : – Par sa justice, son sang, sa mort et sa vie.

Prudence : – Et comment Dieu le Saint-Esprit te sauve-t-il ?

Jacques : – En m'illuminant, en me renouvelant, et en me gardant.

Là-dessus Prudence se tourna vers Christiana, et lui dit : Tu te rends recommandable par la manière dont, tu élèves tes enfants. Je pense n'avoir pas besoin de poser les mêmes questions aux autres, parce que le plus jeune y répond si bien. Je vais maintenant m'adresser à l'autre qui est avant celui-ci.

Elle appela Joseph (car c'est ainsi qu'il se nommait) et lui dit : veux-tu que je t'interroge ?

Joseph : – De tout mon cœur.

Prudence : – Qu'est-ce que l'homme ?

Joseph : – Une créature raisonnable formée par Dieu, comme mon frère l'a dit.

Prudence : – A quoi devrait nous faire penser ce mot de « sauvé » ?

Joseph : – Que l'homme, par le péché, s'est assujettit à un état d'esclavage et de misère.

Prudence : – Comment comprends-tu qu'il est sauvé par la Trinité ?

Joseph : – C'est que le péché est un tyran si grand, si fort, que nul autre que Dieu ne peut nous arracher de ses griffes, et que Dieu qui est si bon, et à cause de l'amour même qu'il nous porte, délivre le pécheur de cette misérable condition.

Prudence : – Quel but Dieu a-t-il en sauvant la pauvre créature pécheresse ?

Joseph : – La gloire de son nom, de sa grâce, de sa justice, et le bonheur éternel de nos âmes.

Prudence : – Qui sont les personnes qui doivent être sauvées ?

Joseph : – Celles qui acceptent son salut.

Prudence : – Joseph, tes réponses sont justes ; je vois que ta mère t'a bien instruit, et que tu as su profiter de ses enseignements.

Vint ensuite le tour de Samuel qui était le second par son âge : que je t'interroge, toi aussi ? lui dit Prudence.

Samuel : – Oui bien, s'il vous plaît.

Prudence : – Qu'est-ce que le ciel ?

Samuel : – Un lieu et une condition de félicité, parce que Dieu y demeure.

Prudence : – Qu'est-ce que l'enfer ?

Samuel : – Le lieu et l'état le plus affreux ; car c'est là qu'habitent le péché, le diable et la mort.

Prudence : – Pourquoi désires-tu aller au ciel ?

Joseph : – C'est afin que je puisse y voir Dieu, le servir sans relâche ; que je puisse contempler Jésus-Christ et l'aimer éternellement ; que je puisse jouir de cette plénitude du Saint-Esprit à la possession de laquelle je ne puis nullement parvenir ici-bas.

Prudence : – Voilà un garçon qui a très bien profité.

Puis s'adressant à Matthieu qui était le plus âgé :

– Matthieu, lui dit-elle, veux-tu que je te catéchise aussi ?

Matthieu : – Avec beaucoup de plaisir.

Prudence : – Je te demanderai d'abord si rien n'existait avant Dieu ?

Matthieu : – Non, car Dieu est éternel ; aucun objet n'a eu d'existence jusqu'au commencement du premier jour, a car l'Éternel a fait en six jours le ciel, la terre, la mer et toutes les choses qui y sont. »

Prudence : – Que penses-tu de la Bible ?

Matthieu : – C'est la sainte parole de Dieu.

Prudence : – N'y a-t-il rien dans ce livre que tu ne puisses comprendre ?

Matthieu : – Oui, beaucoup de choses.

Prudence : – Que fais-tu quand tu rencontres des passages que tu ne comprends pas ?

Matthieu : – Je pense que Dieu est plus sage que moi. Je prie aussi pour qu'il lui plaise de me faire connaître tout ce qui s'y trouve renfermé, et qu'il sait être pour mon bien.

Prudence : – Que crois-tu touchant la résurrection des morts ?

Matthieu : – Je crois qu'ils ressusciteront aussi certainement qu'ils ont été ensevelis, mais non plus avec une nature corrompue. Je le crois pour deux raisons : d'abord, parce que Dieu l'a promis ; ensuite, parce qu'il est puissant pour l'accomplir.

Sur cela, Prudence les fit placer tous ensemble devant elle, et leur adressa cette exhortation générale : Il vous faut toujours bien écouter votre mère, car elle peut vous en montrer encore davantage. Écoutez de même avec beaucoup d'attention les bonnes paroles que d'autres auront à vous dire pour votre salut. Ils vous annonceront des choses excellentes pour l'amour de vos âmes. Vous remarquerez en outre, et recueillerez avec soin tant d'autres instructions que le ciel et la terre vous offrent d'une manière permanente ; mais surtout faites votre constante méditation du livre qui fut cause que votre père se fit pèlerin. Pour ma part, chers enfants, je vous donnerai autant de leçons qu'il me sera possible pendant votre séjour ici, et serai heureuse de répondre à toutes les questions que vous trouverez à propos de me faire sur des sujets qui tendent à l'édification.

Les pèlerins avaient passé une semaine entière dans ce lieu lorsque Miséricorde reçut la visite de quelqu'un qui avait des prétentions sur elle. Il se nommait M. le Réveillé, homme de quelque talent, et se donnant un air religieux, mais qui était fortement attaché au monde. Il se présenta donc à Miséricorde une ou deux fois, ou peut être davantage pour lui offrir sa main. Or, Miséricorde était une jeune personne ayant beaucoup de grâce ; en sorte que son regard était d'autant plus attrayant. Elle avait aussi une vie très active ; lorsqu'elle se trouvait n'avoir rien à faire pour elle-même, elle s'occupait à tricoter des bas ou à faire des vêtements pour les autres, afin de les distribuer ensuite à ceux qui en avaient besoin. M. le Réveillé ne savait trop de quelle manière elle disposait du fruit de son travail, et il était émerveillé de ses dispositions ; car il ne la trouvait jamais oisive. – Je gagerais qu'elle doit faire une bonne femme de ménage, se disait-il en lui-même.

Miséricorde fit part de cette affaire aux filles de la maison, et voulut prendre auprès d'elles des renseignements sur le compte de cet individu, jugeant qu'elles devaient le connaître beaucoup mieux que qui que ce fût. En conséquence, ses amies lui apprirent que le jeune homme avait un esprit actif, mais que bien qu'ayant la prétention d'être religieux, il était cependant, comme on le craignait, étranger à l'influence et à la pratique de ce qui est réellement bon.

Dans ce cas-là, repartit Miséricorde, je ne veux rien de lui ; je suis résolue à poursuivre ma course sans varier en évitant tout ce qui pourrait faire obstacle à mes progrès.

Prudence lui dit alors observer qu'il n'était pas nécessaire de briser tout d'un coup ses espérances, par la raison qu'en continuant à travailler pour les pauvres, comme elle avait l'habitude de faire, elle aurait bientôt abattu son courage.

Aussi, ce moyen ne lui fit pas défaut. Dans une prochaine occasion, il la trouva de nouveau occupée au même travail, c'est-à-dire à coudre pour les pauvres. – Eh quoi ! lui dit-il, toujours à l'ouvrage ? – Oui, répliqua-t-elle ; pour moi ou pour les autres. – Et combien peux-tu gagner par jour ? – En m'employant ainsi, ajoutât-elle, je tâche « d'être riche en bonnes œuvres, me faisant un trésor pour l'avenir, appuyé sur un fondement solide, afin que j'obtienne la vie éternelle. » [1Tim.6.17,19]

– Dis-moi : A quelle fin fais-tu servir ces choses ? – Elles servent à couvrir ceux qui sont nus. Ces paroles firent sur lui une impression si vive que son visage se décomposa. Dès ce moment, il forma la résolution de ne plus revenir chez sa prétendue. Lorsque plus tard on vint lui demander pourquoi il s'était éloigné d'elle, il répondit que Miséricorde était une charmante fille, mais qu'elle avait une imagination trop capricieuse.

Lorsqu'il eut rompu avec elle, Prudence ne manqua pas de faire cette observation : Ne t'avais-je pas bien dit que M. le Réveillé ne tarderait pas à te laisser tranquille ? Oui, et il ira même jusqu'à répandre des faussetés sur ton compte ; car, malgré ses allures en fait de religion, et son affection apparente pour Miséricorde, je vois une trop grande différence entre son caractère et le tien pour croire qu'ils puissent jamais s'accorder.

Miséricorde : – J'aurais pu ne pas attendre jusqu'à présent pour me marier ; il n'a tenu qu'à moi d'avoir un mari, quoique je n'en aie jamais rien dit à personne ; mais tous ceux qui se sont présentés étaient tels, qu'il n'y avait chez eux aucune sympathie pour mes principes, bien qu'ils fissent tous profession d'être attachés à ma personne. En sorte que nous ne pûmes jamais tomber d'accord.

Prudence : – De nos jours, on ne fait pas grand cas de la miséricorde ; on n'en retient plus guère que le nom. Il y a bien peu de gens qui, en fait de pratique, veuillent se soumettre aux conditions qu'elle impose.

Miséricorde : – Eh bien ! si personne ne veut de moi, je demeurerai vierge, ou bien mes principes me tiendront lieu de mari ; car je ne puis changer ma nature, et plutôt que de me trouver continuellement en butte à la contradiction, je préfère rester comme je suis tout le temps de ma vie. J'avais une sœur nommée Généreuse qui épousa un de ces avares ; mais ils ne pouvaient jamais s'entendre parce que ma sœur voulait absolument taire ce qu'elle avait toujours fait, c'est-à-dire, soulager les pauvres par des actes de sa bonté. Il en résulta que son mari lui fit d'abord subir de mauvais traitements, et la chassa ensuite de sa maison.

Prudence : – Avec tout cela, j'assurerais que cet homme prétendait avoir de la religion.

Miséricorde : – Hélas ! oui ; malgré tout ce qu'il était dans le fond, il revêtait une certaine apparence comme font tant d'autres. Le monde, de nos jours, est rempli de ces gens-là ; mais je ne suis faite pour aucun d'eux.

14

SUITES D'UNE DÉSOBÉISSANCE

Le mal se déclare. – Le bon médecin. – La nature et l'efficacité de son remède, – Les ressources du chrétien dans son état d'infirmité. – Les leçons que la sagesse sait tirer de la nature.

Sur ces entrefaites, Matthieu, le fils aîné de Christiana, vint à tomber malade, et cette maladie lui causa de grandes souffrances, car il était comme déchiré par des maux d'entrailles ; c'est au point qu'il se roulait par terre sans avoir un moment de repos. Heureusement qu'il y avait non loin de là un célèbre médecin, nommé Habile. C'était un homme fort ancien, et très expert dans l'art de la médecine. Christiana voulut donc l'envoyer chercher, et le prier de venir le plus promptement possible. Aussi, se hâta-t-il de répondre à ce pressant appel. Aussitôt qu'il fut entré dans la chambre, il se mit à examiner le jeune garçon ; il s'aperçut bientôt en le sondant qu'il était violemment attaqué dans les intestins. Il conclut avec raison que l'enfant avait mangé quelque chose de malsain, et demanda en se tournant vers la mère, quelle sorte de nourriture elle avait fait prendre à Matthieu pendant les derniers jours. – Quelle nourriture ! s'écriât-elle ; mais rien qui ne soit salutaire. Sur quoi le médecin ajouta : Cet enfant a pris quelque chose d'indigeste qui est resté dans son estomac et que l'on ne peut faire évacuer sans employer des moyens extrêmes. Je vous déclare que vous devez le purger si vous ne voulez pas qu'il meure.

Ici, Samuel étant venu à se rappeler une circonstance, dit à sa mère : Te souviens-tu, maman, de ce que fit mon frère l'autre jour bientôt après avoir passé la porte qui se trouve à l'entrée de ce chemin ? Tu sais que sur la gauche, de l'autre côté de la muraille, est un verger où croissent de beaux arbres, et que mon frère ayant vu de leur fruit sur la muraille, en a arraché, et l'a mangé.

– Cela est vrai, mon enfant, répond aussitôt la mère ; il s'est très mal conduit en cette occasion. Je l'avais déjà bien grondé, et malgré cela, il persista à le manger.

Habile : – Je savais bien qu'il avait mangé quelque chose de mauvais, car il n'est aucune friandise qui soit dangereuse comme celle-là. C'est le fruit d'un jardin qui appartient à Béelzébul. Je m'étonne que personne ne vous ait mis sur vos gardes, attendu que plusieurs en sont morts.

A ces mots, Christiana fondit en larmes et s'écria : ô malheureux enfant ! ô imprudente mère ! que ferai-je pour sauver mon fils ?

Habile : – Allons, ne vous désespérez pas, l'enfant peut très bien en revenir ; mais il faut le purger et provoquer des vomissements.

Christiana : – Je vous en prie, Monsieur, faites tout ce que votre savoir peut vous dicter, quoi qu'il en coûte.

Habile : – Vous pouvez compter que je ferai tout ce qui sera nécessaire, et à des conditions très raisonnables.

Il lui fit une purgation, mais elle se trouva trop faible parce qu'on y avait mêlé le sang d'un bouc, les cendres d'une génisse, un peu de jus de l'hysope, etc. [Héb.9.13,19 ; 10.1,4] M. Habile voyant que cette médecine n'avait pas eu tout le succès désiré, ordonna un autre purgatif qui fut plus efficace ; il consistait en un « carne et sanguine christi » [Jean.6.54,57 ; Héb.9.14] (Vous savez que les médecins administrent par fois des médicaments étranges à leurs malades.) Cette composition fut réduite en pilules dans lesquelles on fit entrer une ou deux promesses, et du sel dans une égale proportion. [Marc.9.49] Or, il en prescrivit trois à la fois, que le malade devait prendre à jeun avec quelques cuillerées de larmes de repentance. [Zach.12.10] On lui présenta cette dose ainsi préparée, mais il hésitait à la prendre, malgré les fortes coliques qui le travaillaient. – Allons, lui dit le médecin, il faut que tu avales ceci, à quoi il aurait répondu : Non, mon estomac ne saurait le supporter. – J'insiste pour que tu le prennes, lui criait la mère de son côté ; mais il n'en persistait pas moins dans son refus, sous prétexte qu'il serait obligé de le rendre immédiatement.

Christiana ayant demandé à M. Habile quel goût avait le remède, celui-ci lui répondit qu'il n'avait point de mauvais goût. Là-dessus elle prit une pilule, et après l'avoir touchée du bout de la langue : O Matthieu, dit-elle, ce remède est délicieux ; il est plus doux que le miel. Si tu aimes ta mère, si tu aimes, tes frères, si tu aimes Miséricorde, et si tu aimes ta vie, tu ne refuseras pas de le prendre.

Enfin, à force d'arguments, et après avoir imploré le secours de Dieu, on le détermina à avaler la médecine qui opéra merveilleusement en lui. Il eut l'estomac de suite débarrassé, de telle façon qu'il put dormir et reposer tranquillement. C'était le vrai moyen de le faire transpirer et de le délivrer de son mal.

Peu de temps après, il put se lever et marcher à l'aide d'un bâton ; il allait d'une chambre à l'autre, et causait avec Prudence, Piété et Charité sur ses indispositions et sur les moyens par lesquels il avait été guéri.

Le jeune Matthieu fut donc rétabli, et Christiana voulant alors régler son compte avec M. Habile, lui demanda la note de ses dépenses, et du prix de sa peine et des soins qu'il avait donnés à son enfant. A quoi il répondit qu'il fallait s'adresser pour cela au directeur de l'École de médecine et se conformer aux règles établies, comme c'est toujours l'usage en pareil cas. ^{Héb.13.11-15}

Christiana : – Mais, Monsieur, peut-on faire usage de ces pilules dans le traitement d'une maladie quelconque ?

Habile : – C'est un remède universel ; il s'applique à toutes les maladies auxquelles sont sujets les pèlerins.

Christiana : – Eh bien, veuillez m'en préparer douze boîtes ; car une fois pourvue de ces médicaments, je n'aurai plus besoin de recourir à aucun autre.

Habile : – Ces pilules sont bonnes pour prévenir le mal, aussi bien que pour le guérir quand il est déclaré. Oui, j'ose même dire, que si quelqu'un voulait seulement user de ce remède ayant soin de se conformer à l'ordonnance qui en a été prescrite, il pourrait vivre à toujours. ^{Jean.6.58} Il faudra donc, bonne Christiana, que tu t'en serves avec précaution, suivant la manière que j'ai indiquée, autrement il ne produirait aucun bon effet.

Là-dessus, il lui donna des médicaments pour elle, pour ses enfants, et pour Miséricorde. Il recommanda expressément à Matthieu de prendre garde de ne plus manger de fruit vert, et après l'avoir embrassé, il se retira.

Je vous disais tout à l'heure que Prudence avait engagé les enfants à lui soumettre des questions auxquelles elle promit de répondre de son mieux. Or, Matthieu qui avait été malade, lui demanda pourquoi la plupart des remèdes ont un goût amer ?

Prudence : – C'est afin de nous montrer que la parole de Dieu et les effets qu'elle produit ne sont pas agréables au cœur charnel.

Matthieu : – Pourquoi donc le remède, en opérant ainsi, purge et nettoie ?

Prudence : – Pour nous faire comprendre que lorsque la parole produit son effet, elle lave le cœur et l'esprit ; car, ce que l'un fait pour le corps, l'autre le fait pour l'âme.

Matthieu : – Quand notre feu est allumé, nous voyons la flamme monter ; nous voyons de même que les rayons du soleil en s'abaissant sur notre terre, y exercent une bienfaisante influence ; quelle conséquence faut-il en déduire ?

Prudence : – L'ascension du feu nous apprend comment nous nous élevons vers le ciel par l'ardeur de nos désirs ; et l'influence qu'exerce le soleil sur la terre, nous fait comprendre que, bien que placé fort au dessus de notre sphère, le Sauveur du monde descend jusqu'à nous, et nous touche par les effets de sa grâce et de son amour.

Matthieu : – Où est-ce que les nuages puisent leurs eaux ?

Prudence : – Dans la mer.

Matthieu : – Que faut-il en conclure ?

Prudence : – Que les envoyés doivent recevoir leur doctrine de Dieu seul.

Matthieu : – Pourquoi se répandent-ils sur la terre ?

Prudence : – Pour nous montrer que les ministres de Dieu doivent répandre dans le monde ce qu'ils savent de la parole de vie.

Matthieu : – D'où vient que l'arc-en-ciel est produit par l'effet du soleil ?

Prudence : – Pour nous faire voir que l'alliance de la grâce de Dieu nous est confirmée par Jésus-Christ.

Matthieu : – Pourquoi les sources d'eau nous viennent-elles de la mer à travers la terre ?

Prudence : – Pour nous faire voir que la grâce de Dieu nous arrive à travers le corps de Jésus-Christ.

Matthieu : – Comment se fait-il que quelques-unes sortent du sommet des montagnes ?

Prudence : – C'est afin de nous montrer que Dieu peut prendre les grands et les puissants de ce monde pour en faire les vaisseaux de sa grâce, de même qu'il en choisit beaucoup d'autres qui sont pauvres et de basse condition.

Matthieu : – Pourquoi est-on obligé de faire brûler la mèche dans une chandelle pour en avoir de la lumière ?

Prudence : – Pour nous montrer qu'à moins que la grâce n'enflamme nos cœurs, la lumière de la vie ne peut exister en nous.

Matthieu : – Que faut-il conclure de ce que la lumière se maintient par le concours de la mèche et du suif de la chandelle ?

Prudence : – Que tout en nous doit être employé à ce qui est utile, et à maintenir nos âmes dans une bonne condition.

Matthieu : – Quelle est la raison pour laquelle le pélican s'ouvre le sein au moyen de son bec ?

Prudence : – C'est afin de nourrir ses petits de sa propre substance, et de nous montrer par là que le bien-aimé Jésus affectionne ses enfants, jusqu'à donner sa vie pour eux.

Matthieu : – Que devons-nous apprendre par le chant du coq ?

Prudence : – Ce devrait être un moyen de nous faire ressouvenir du péché de Pierre et de sa repentance. Le chant du coq nous avertit de même que le jour approche. Ainsi, puisses-tu n'entendre jamais le coq chanter sans te rappeler le jour terrible du jugement.

15

PRIÈRE POUR LE RETOUR DE M. GRAND-CŒUR.

Exposition sur divers sujets. – Départ des pèlerins. – Le chant des oiseaux. – Un présent de Piété. – Vallée d'Humiliation.

Maintenant, le mois étant à peu près écoulé ils jugèrent convenable de se remettre en route et ils en manifestèrent leur intention à ceux de la maison. Ici, Joseph fit une réflexion qu'il s'empressa de communiquer à sa mère : – N'oubliez pas, dit-il, d'envoyer chez M. l'Interprète afin de le prier de nous donner M. Grand-Cœur pour nous conduire le restant du chemin. – Tu es un bon garçon, lui répondit-elle ; je l'avais presque oublié. Elle se hâta donc de rédiger une pétition, et pria M. Vigilant, le portier, de choisir un homme de confiance pour la faire parvenir à son fidèle ami, M. l'Interprète. Dès que celui-ci eut lu et examiné le contenu de cette pétition, il dit au messager : Retourne-t'en, et dis-leur que je vais l'envoyer.

Dès qu'il fut connu dans la famille que Christiana était résolue de continuer son voyage avec les siens, on convoqua une réunion pour remercier tous ensemble leur Roi de les avoir favorisés par la visite si agréable de leurs amis. Prenant ensuite Christiana en particulier : Nous serions bien aise, lui dirent-ils, selon une coutume qui est observée ici, de te montrer quelque chose qui puisse servir à ta méditation pendant le voyage. Ils l'amenèrent donc, elle, ses enfants et Miséricorde dans un cabinet, et leur montrèrent un fruit. Il faut vous dire que c'est à l'occasion de ce fruit qu'Adam et Ève, après en avoir mangé, furent chassés du paradis. Alors on voulut savoir ce que Christiana en pensait. Sa réponse fut celle-ci : J'ignore si c'est quelque chose de bon à manger ou du poison. C'est alors qu'à sa grande satisfaction, ils lui expliquèrent le secret, de telle façon qu'elle témoigna sa surprise par un mouvement de ses mains. ^{Gen.3.1,16 ; Rom.8.24}

Après cela, ils la menèrent dans un autre endroit où ils lui firent voir l'échelle de Jacob. Il y avait dans ce moment des anges qui y montaient. Ainsi, Christiana eut plusieurs fois occasion de voir ce spectacle, de même que ses compagnons. ^{Gen.28.12} Comme ils allaient passer dans un autre lieu pour y voir quelque autre prodige, Jacques dit à sa mère : Je te prie, dis-leur d'attendre encore un peu, car il fait bon ici. Eux, étant donc revenus sur leurs pas, trouvèrent de quoi repaître leurs yeux par les choses glorieuses qu'ils avaient en perspective. ^{Jean.1.15} Un peu plus loin ils virent suspendue une ancre d'or que Christiana dut s'approprier sur l'invitation qui lui en fut faite ; car, disaient les serviteurs, elle vous est absolument nécessaire pour pénétrer jusqu'au dedans du voile, et demeurer ferme au cas que vous auriez à lutter contre des temps orageux. ^{Joël.3.16 ; Hébr.6.19} Ils furent tous enchantés d'une pareille acquisition. On les mena aussi sur la montagne où Abraham, notre père, offrit, en sacrifice, son fils Isaac. Ils y virent l'autel, le bois, le feu et le couteau ; car ces choses sont restées là jusqu'à ce jour pour servir de témoignage. Ils étaient remplis d'admiration à la vue de tant de merveilles, et s'écriaient en élevant leurs mains : O quel amour cet homme avait pour son maître, et quelle preuve il donna du renoncement à lui-même ! Quand ils eurent examiné tous ces prodiges, Prudence les fit entrer dans une salle à manger ; elle joua sur des instruments de musique que l'on y avait placés à dessein. Puis, prenant pour sujet les choses intéressantes que les pèlerins venaient de voir, elle composa cet excellent cantique :

> *Chantons de notre Dieu les œuvres magnifiques,*
> *Nos regards éblouis sont pleins de leur splendeur ;*
> *L'homme en sa vanité méprise nos cantiques,*
> *Il méprise aussi le Seigneur.*
> *O Dieu, parle à son âme, et fais qu'il t'obéisse,*
> *Montre lui le bonheur, et la paix des élus ;*
> *Comme Abraham enfin, qu'il t'offre en sacrifice*
> *Ce que son cœur aime le plus.*

Sur ces entrefaites quelqu'un frappe à la porte. Le Portier va aussitôt ouvrir, et voici, c'est M. Grand-Cœur qui entre ! Or, l'arrivée de leur ami dévoué causa à tous une joie indicible. Car, par sa présence, il vint rappeler à leur souvenir que, peu de temps auparavant, il avait tué le vieux Rechigné, géant sanguinaire, et qu'il les avait délivrés de la gueule des lions.

Alors M. Grand-Cœur prenant la parole, dit en s'adressant à Christiana et à Miséricorde : « Mon Souverain vous envoie à chacune une provision de vin, un peu de grain rôti, et une paire de pommes de Grenade. Il envoie aussi aux jeunes garçons quelques figues et des raisins pour les soutenir en chemin. »

Sur cela ils se mirent en marche accompagnés de Prudence et de Piété. Comme ils avaient à passer par la porte de la loge, Christiana demanda au Portier s'il n'avait pas vu passer quelqu'un par là dernièrement. – Non, lui répondit-il ; depuis longtemps je n'ai vu personne, sauf un individu, lequel m'a même assuré qu'un grand vol venait d'être commis sur le chemin royal qui est précisément celui que vous devez parcourir. Toutefois il m'apprit en même temps que les voleurs avaient été arrêtés, et que sous peu ils auraient à subir une condamnation à perpétuité. A l'ouïe d'une pareille nouvelle, Christiana et Miséricorde furent d'abord saisies de frayeur ; mais Matthieu rassura sa mère en disant : Il n'y a rien à craindre tant que Grand-Cœur voudra être notre compagnon et notre guide.

Monsieur, reprit Christiana, je vous suis obligée de toute la bonté que vous m'avez témoignée depuis que je suis venue ici, et de tous les égards bienveillants que vous avez eus pour mes enfants. Je ne sais comment répondre à tant de marques de votre bonne amitié ; je vous prierai cependant de recevoir cette faible pite comme souvenir de mon respect. Ainsi, elle lui mit une pièce d'or dans la main, le Portier fit alors une révérence et lui dit : « Que tes vêtements soient blancs en tout temps, et que le parfum ne manque point sur ta tête. » [Eccl.9.8] « Que Miséricorde vive et ne meure point, et que ses œuvres ne soient pas en petit nombre. » [Psa.103.17] Il dit aussi aux enfants : « Fuyez les désirs de la jeunesse, et recherchez la justice, la foi, la charité, et la paix avec ceux qui invoquent d'un cœur pur le Seigneur. » [2Tim.2.22] C'est ainsi que vous réjouirez le cœur de votre mère, et obtiendrez l'approbation des gens sérieux. Là-dessus ils remercièrent le Portier et s'en allèrent.

Je vis ensuite qu'après avoir marché à quelque distance, ils arrivèrent au sommet d'une montagne. Ici, Piété s'aperçut qu'elle avait fait un oubli : Hélas ! dit-elle, j'ai oublié de prendre ce que j'avais l'intention de donner à Christiana et à ses compagnons. Il faut donc que je m'en retourne pour aller le chercher : ce qu'elle fit en toute hâte. Pendant son absence, Christiana crut entendre des accents harmonieux venant d'un bosquet qui se trouvait un peu plus loin, sur la droite. C'étaient comme des voix diverses, formant un concert que l'on peut rendre par ces paroles :

> *Seigneur, dans le cours de ma vie*
> *Tu m'as comblé de tes bienfaits ;*
> *J'ai l'assurance encor, qu'à la terre ravie,*
> *Mon âme au ciel ira demeurer à jamais.*
> *Et une autre voix semblait lui répondre :*
> *Le Seigneur est bon, il nous aime,*
> *Il est miséricordieux.*
> *Sa vérité sainte et suprême*
> *Est éternelle, et nous conduit aux cieux.*

Christiana demanda à Prudence ce qui pouvait produire des accents si merveilleux. – Ce sont les oiseaux de nos contrées, lui dit-elle ; rarement ils chantent sur ce ton, excepté dans la saison du printemps, quand les fleurs paraissent et que le soleil ranime la nature par ses rayons bienfaisants. Mais alors vous les entendriez du matin au soir. Je vais quelquefois prêter l'oreille à leur concert ; il nous arrive même souvent d'en garder à la maison pour les apprivoiser. C'est pour nous une société très agréable, quand nous sommes mélancoliques ; ils font que les bois, les bosquets et les lieux solitaires sont désirables. Cant.2.11-12

Piété se trouvant de retour en ce moment, appela l'attention de Christiana : Regarde, lui dit-elle, je t'ai apporté un échantillon de tout ce que tu as vu chez nous, afin que tu le considères dans le cas où tu viendrais à tomber dans l'oubli, et que tu sois de même édifiée, consolée, par le souvenir de toutes ces choses.

Après cela, ils commencèrent à descendre la montagne qui aboutit à la vallée d'Humiliation. Il fallait passer par des lieux très escarpés, et le chemin était glissant ; mais en y prenant garde ils descendirent sans accident. Quand ils furent dans la vallée, Piété dit à Christiana : Voici l'endroit où ton mari rencontra le vilain Apollyon, et où il eut à soutenir avec lui un rude combat. Je suis persuadée que vous n'êtes pas sans en avoir entendu parler. Mais, ayez bon courage ; car aussi longtemps que vous aurez M. Grand-Cœur pour guide et pour conseiller, tout ira bien, et vous ne vous en trouverez que mieux. – Lorsque Prudence et Piété eurent remis les pèlerins à la garde de leur protecteur, notre petite caravane se remit en marche ayant M. Grand-Cœur en tête.

Nous n'avons rien à craindre dans cette vallée, repartit le guide, car il ne nous arrivera aucun mal, à moins que nous l'attirions sur nous-mêmes par quelque imprudence. Il est vrai qu'ici Chrétien eut la rencontre d'Apollyon et s'engagea avec lui dans une lutte terrible, mais cette lutte était la conséquence de faux pas qu'il venait de faire en descendant la montagne ; or, ceux qui s'écartent par là, doivent s'attendre à combattre par ici. De là vient que l'on a donné à cette vallée un nom si répugnant ; c'est au point que pour les gens peu éclairés, il leur suffit d'entendre dire que quelque chose de fâcheux est arrivé en tel endroit, pour qu'ils soient aussitôt effrayés et s'imaginent que ce lieu est fréquenté par les sorciers ou de malins esprits, tandis que l'accident n'arrive, hélas ! que par la faute de celui qui en est la victime.

Cette vallée d'Humiliation est par elle-même aussi fertile qu'aucune de ces terres labourables qui sont hantées par les corbeaux, et je suis persuadé que si nous pouvions en pénétrer les secrets, nous ne manquerions pas de trouver quelque part des indices qui nous feraient comprendre pourquoi Chrétien eut à surmonter tant de contradictions.

Jacques poussa une exclamation : oh ! dit-il, en montrant du doigt à sa mère, j'aperçois là-bas un monument portant, à ce qu'il me semble, une inscription. C'est quelque chose de significatif ; allons voir. Ils y allèrent et trouvèrent ces paroles écrites : « Que les erreurs commises par Chrétien lorsqu'il vint à descendre par ici, servent d'avertissement à tous ceux qui lui survivront. » – Eh bien ! reprit le guide, ne vous ai-je pas dit qu'il y avait par là quelque chose qui nous expliquerait la raison pour laquelle Chrétien a été si rudement ballotté. Se tournant ensuite vers Christiana, il continua ainsi : Ce ne fut pas une chose plus humiliante pour Chrétien qu'elle ne l'a été pour beaucoup d'autres qui ont eu le même sort et les mêmes aventures que lui ; car, il est plus facile de gravir cette montagne que de la descendre, ce que l'on ne pourrait dire toutefois que de quelques collines de cette partie du monde. Mais nous laisserons ce brave homme qui est maintenant dans le repos. Du reste, il remporta une grande victoire sur son ennemi. Qu'il plaise à Celui qui habite Là-Haut que nous ne soyons pas trouvés pires quand nous devrons être jugés !

Pour en revenir à cette vallée d'Humiliation, c'est une pièce de terre qui est meilleure et plus fertile qu'aucune de celles qui se trouvent dans toute cette localité. C'est un sol fécond consistant principalement en de gras pâturages, comme vous le voyez. Celui qui n'a jamais rien connu de ses magnifiques productions, mais qui tient cependant à jouir d'une telle perspective, serait enchanté de tout ce qui s'offre à nos regards, s'il arrivait ici pendant les beaux jours d'été comme nous y sommes maintenant. Voyez quelle riche verdure ! Regardez encore la beauté de ces muguets ! ^{Cant.2.1 ; Jacq.4.6 ; 1Pier.5.5} J'ai connu moi-même des fermiers qui ont acquis de grands biens dans cette vallée d'Humiliation ; « car Dieu résiste aux orgueilleux, mais il fait grâce aux humbles. » A coup sûr, c'est une terre très productive où chacun peut faire de superbes récoltes. Les avantages d'une telle position sont si manifestes, que plusieurs personnes se rendant à la maison de leur père, auraient désiré que le chemin qui fait suite à celui-ci eût été dans une seconde vallée d'Humiliation, afin d'éviter les écueils, et pour n'avoir plus la peine de franchir ni montagne, ni collines ; mais le chemin est toujours un chemin, et au bout se trouve le terme.

16

LE JEUNE BERGER

Expériences des chrétiens dans la vallée d'Humiliation. – Souvenir d'un combat. – La vallée de l'Ombre-de-la Mort, – Apollyon mis en fuite par Grand-Cœur.

Or, tandis qu'ils poursuivaient leur route et qu'ils causaient entre eux, ils virent à quelque distance, un jeune garçon qui paissait les brebis de son père. Cet enfant, quoique assez mal vêtu, était beau et frais de visage. C'est là qu'étant assis, seul, il s'était mis à chanter. – Écoutez, s'écria M. Grand-Cœur, ce que dit le jeune berger. Ils prêtèrent donc l'oreille à ces paroles :

Si contre l'orgueil mon cœur lutte.
Si je vis dans l'abaissement,
Dieu me guidera constamment,
Et je ne ferai point de chute.
Pourquoi désirer la richesse,
Moi, je me contente de peu ;
Pour respirer j'ai le ciel bleu :
Je demande à Dieu la sagesse.
Quand on court en pèlerinage
Il ne faut pas trop se charger ;
On ne craint pas tant le danger

> *Lorsque léger est le bagage.*
> *Acceptant tout, peine et misère,*
> *Avec le cœur toujours joyeux,*
> *Vivre au Seigneur qui règne aux cieux*
> *C'est être heureux déjà sur terre.*

L'entendez-vous, reprit alors le guide ? J'ose vous dire que cet enfant mène une vie plus heureuse, et porte dans son sein plus de ce baume que l'on appelle paix-du-cœur, que celui qui est couvert de soie et de velours ; mais, continuons notre entretien.

C'est dans cette vallée que notre Seigneur avait sa maison de campagne. Il s'y plaisait beaucoup. Il aimait aussi faire des promenades dans ces prairies, à cause de l'air agréable que l'on y respire. D'ailleurs, il est bon de le dire, ici l'homme demeure étranger au bruit et aux agitations de la vie. Partout ailleurs l'on ne rencontre que tumulte et confusion. Pour l'homme qui aime la solitude, cette vallée d'Humiliation est l'unique endroit où il puisse se trouver à l'aise ; il ne peut être distrait dans ses réflexions comme dans tout autre lieu. Personne ne marche dans cette vallée, si ce n'est celui qui aiment la vie de pèlerin. Et quoique Chrétien y ait eu la malheureuse rencontre d'Apollyon, et un assaut terrible à soutenir contre lui, il faut que je vous dise cependant que dans des temps plus anciens, quelques-uns ont eu la visite des anges en ce même endroit ; ils y ont trouvé des perles précieuses ainsi que la parole de vie. Osée.12.4-5

Vous ai-je dit que notre Seigneur avait ici sa maison de campagne, et qu'il aimait à venir s'y promener ? J'ajouterai qu'il a laissé une rente annuelle au profit de ceux qui viennent habiter dans ces parages. Cette rente leur est payée fidèlement à certaines époques de l'année. Elle leur a été allouée comme moyen de subsistance, et aussi en vue de les encourager pendant le voyage, de telle manière qu'ils puissent marcher en avant, remplis d'ardeur.

Ils continuaient ainsi leur chemin quand Samuel, prenant la parole, dit : M. Grand-Cœur, je vois bien que c'est par ici que fut livrée la grande bataille entre mon père et Apollyon ; mais où est la place même où eut lieu la rencontre, car je m'aperçois que cette vallée est très spacieuse ?

Grand-Cœur : – Ton père se trouva aux prises avec Apollyon là-bas, dans un passage étroit qui est devant nous ; l'on y aborde précisément après avoir passé la terre de l'Oubli. En vérité, c'est le lieu le plus dangereux de tout le voisinage ; car s'il arrive aux pèlerins d'y éprouver quelque échec, c'est justement parce qu'ils méconnaissent les grâces de Dieu envers eux, et oublient combien ils en sont indignes. D'autres encore, ont été singulièrement éprouvés sur ce même point. Mais quand nous en serons là nous en dirons davantage ; car, il me paraît certain qu'il est resté jusqu'à ce jour quelque signe de cette bataille, ou quelque monument qui atteste l'existence d'un pareil combat.

Miséricorde prenant à son tour la parole : Je crois me trouver aussi bien dans cette vallée, que partout où nous avons passé depuis le commencement de notre voyage. M'est avis que cette place convient parfaitement à mon esprit. Je me plais dans ces lieux paisibles où l'on n'entend aucun bruit de voitures, ni le grondement des roues. Il me semble qu'ici chacun peut, sans gêne, se livrer à la réflexion de manière à pouvoir se dire, ce qu'il est, d'où il vient, ce qu'il a fait, et ce à quoi le Roi le destine. On peut aussi méditer, s'abandonner aux émotions de son cœur, et s'attendrir l'esprit jusqu'à ce que les yeux deviennent comme « les viviers qui sont en Hesbon. » ^{Cant.7.4} Ceux qui marchent en droite ligne dans cette « vallée de Bacca, » la réduisent en fontaine. Dieu fait aussi tomber sur eux la pluie du ciel, et « comble les réservoirs » ^{Psa.84.6} « Le Roi les attirera et leur parlera selon leur cœur après qu'il les aura promenés par le désert. C'est à partir de cette vallée qu'il leur donnera leurs vignes, » et ceux qui auront passé par là, chanteront comme Chrétien après avoir vaincu Apollyon. ^{Osée.2.14-15}

Cela est vrai, ajouta le guide ; j'ai passé bien des fois par cette vallée, et je ne me suis jamais mieux trouvé que là. J'ai fait la conduite à plusieurs autres pèlerins qui ont déclaré la même chose. « A qui regarderai-je ? » dit le Roi ; « à celui qui est humble, qui a l'esprit brisé, et qui tremble à ma parole. » ^{Esaïe.66.2}

Ils arrivèrent enfin à l'endroit où le combat susmentionné avait été livré. Voici la place, reprit le guide, comme pour fixer l'attention des pèlerins ; c'est sur ce terrain même que Chrétien se tenait ferme au moment où il fut assailli par le terrible Apollyon. Holà ! dit-il en se tournant vers Christiana il y a ici des pierres qui portent la trace du sang versé par votre mari ; rien n'a encore pu l'effacer. Si vous y faites attention, vous trouverez aussi de distance en distance quelques morceaux des dards qui furent brisés entre les mains d'Apollyon. Combien ils durent presser la terre sous leurs pieds pour opposer une si vive résistance l'un à l'autre ! Comme aussi, par la violence des coups qu'ils se portaient, ils allèrent jusqu'à fendre les pierres ! En vérité, Chrétien s'est conduit ici avec bravoure, tellement qu'un hercule, eût-il été à sa place, n'aurait pas déployé plus de force, ni un plus grand courage. Aussi, Apollyon fût vaincu, et se vit obligé de chercher un refuge dans le pays voisin, appelé la vallée de l'Ombre-de-la-Mort où nous allons arriver tout à l'heure. Tenez, il y a encore là-bas un monument sur lequel est gravé le souvenir de cette fameuse bataille, et de la victoire que Chrétien a remportée et qui doit honorer sa mémoire dans tous les âges. Comme ils n'avaient qu'à se détourner un peu sur le bord du chemin pour le voir, ils s'en approchèrent, et voici l'épitaphe qu'ils lurent mot pour mot :

> *C'est ici qu'Apollyon tombât*
> *Blessé dans un sanglant combat.*
> *Chrétien lutta... longtemps l'indécise victoire*
> *Entre deux semblait balancer ;*
> *Quand redoublant d'efforts, priant, luttant encore,*
> *Chrétien la fit pour lui se prononcer.*

Ayant passé outre, ils arrivèrent sur les confins de l'Ombre-de-la-Mort, vallée qui était d'une plus grande étendue que la première, et fréquentée par un bon nombre de malins esprits, comme on peut s'en assurer par le témoignage que plusieurs personnes en ont rendu ; malgré cela, femmes et enfants, ils purent tous la traverser, d'autant mieux qu'ils marchaient en plein jour sous la conduite de M. Grand-Cœur.

Quand ils eurent pénétré plus avant dans cette vallée, ils crurent entendre un gémissement comme celui d'un homme qui se meurt. C'étaient des sons lugubres et prolongés. Ils entendirent aussi des paroles lamentables qu'on eût dit être proférées par des êtres plongés dans des tourments affreux. Ces choses firent trembler les enfants ; les femmes mêmes furent déconcertées et en devinrent toutes pâles. Mais leur guide les rassura, et les exhorta à prendre courage.

S'étant avancés un peu plus loin, ils éprouvèrent une espèce de commotion comme si la terre eût commencé à trembler sous eux, et qu'un abîme eût été creusé sous leurs pas. Ils entendirent aussi un certain sifflement semblable à celui du serpent ; toutefois rien ne leur était encore apparu. Ici, les jeunes garçons se mirent à crier : Quand serons-nous arrivés au bout de ce triste chemin ? Ce que le guide ayant entendu, il leur recommanda d'avoir bon courage, et de bien faire attention à leurs pieds, « de peur, » dit-il, « que vous ne tombiez dans quelque piège. » ^Prov.4.26

Jacques se plaignit d'être malade, mais cette maladie était plutôt l'effet de la peur. Sa mère lui donna un peu de ce cordial qu'elle avait reçu chez l'Interprète, ainsi que trois pilules que lui avait préparées M. Habile. Dès lors l'enfant commença à se sentir mieux. En sorte qu'ils purent continuer leur marche jusqu'à moitié chemin de la vallée. Quand ils en furent à ce point, Christiana se prit à dire, à la suite d'une observation qu'elle venait de faire : J'aperçois là-bas devant nous un certain objet ; mais il est tel par sa forme que je crois n'avoir jamais vu son pareil.

Ceci éveilla la curiosité de Joseph qui demanda aussitôt ce que cela pouvait être ?

– C'est quelque chose de bien laid ; oui, mon enfant, c'est très laid, lui répondit la mère.

– Mais, maman, à quoi cela ressemble-t-il ?

– Je ne puis te dire précisément à quoi cela ressemble ; mais je le vois maintenant très près de nous. –Holà ! il nous touche presque, ajoutât-elle.

– Eh bien, dit M. Grand-Cœur, que les plus timides se tiennent près de moi.

En ce moment l'ennemi s'avance comme pour fondre sur eux ; mais le conducteur lui riposta si bien qu'il eut hâte de prendre la fuite à la vue de tous les autres. Ils se souvinrent alors de ce qui est écrit : « Résistez au démon, et il s'enfuira de vous. » ^Jacques.4.7

17

LE LION

La fosse et l'obscurité. – Dieu répond à la prière des pèlerins par la délivrance. – Fin de l'Insouciant. – Le géant Destructeur. – Le chrétien doit prier en même temps que combattre. – La victoire.

Ils poursuivirent leur route après avoir repris quelques forces ; mais ils n'avaient pas encore fait un long trajet que Miséricorde, s'étant retournée, vit comme l'ombre d'un lion qui s'avançait à grands pas. L'écho de sa voix rugissante retentissait dans toute la vallée, et le bruit de ce rugissement venait jeter l'effroi dans tous les cœurs, excepté dans celui du guide. Enfin le redoutable animal s'approche, et M. Grand-Cœur se prépare à lui livrer bataille. A cet effet, il fait marcher devant lui tous les pèlerins, voulant bien se charger de défendre leur cause. Mais quand le lion vit que son adversaire était déterminé à lui faire résistance, il battit en retraite, et n'osa point venir à l'assaut. 1Pier.5.8-9

Eux donc reprirent leur position, et marchant à la suite du guide, ils gagnèrent du chemin. Ils avancèrent jusqu'à un endroit où force leur fut de s'arrêter ; car il se trouvait là un fossé que l'on avait creusé sur toute la largeur du chemin. Ils ne s'étaient pas encore préparés à le traverser qu'un brouillard épais et une obscurité profonde vinrent les surprendre, de telle façon qu'ils ne pouvaient plus se voir. Dans leur situation désespérée, les pèlerins s'écrièrent : Hélas ! qu'allons-nous devenir ? – Cependant leur conducteur ne s'en mit point en peine, mais il leur dit : Ne craignez point ; demeurez fermes et nous verrons encore ce qui résultera de tout ceci. Ils furent donc obligés d'attendre parce que leur chemin était absolument intercepté. Ensuite, ils crurent ouïr distinctement le bruit et les pas précipités de l'ennemi. Il parut aussi quelque trait de lumière qui leur permit de voir le feu et la fumée qui montaient de la fosse. – Ah ! dit alors Christiana à son amie Miséricorde, je vois maintenant combien mon pauvre mari a du être éprouvé par ici ; j'ai beaucoup entendu parler de ce lieu, mais je ne m'y étais jamais trouvée jusqu'à présent. Pauvre ami ! il vint ici tout seul, et dans la nuit ; ces démons rôdaient autour de lui comme s'ils eussent voulu le dévorer. Il y a bien des gens qui parlent de la vallée de l'Ombre-de-la-Mort, mais qui ne savent réellement pas ce que cela signifie, à moins qu'il ne leur arrive d'être eux-mêmes placés dans une semblable situation. « Le cœur de chacun connaît l'amertume de son âme ; et un autre n'est point mêlé dans sa joie. » $^{Prov.14.10}$ C'est une chose terrible que d'être ici.

Grand-Cœur : – Nous ressemblons à ceux qui vont faire commerce parmi les grandes eaux, ou qui descendent dans les lieux profonds pour y voir les merveilles de l'Éternel. $^{Psa.107.23,21}$ Ne dirait-on pas que les bornes de la terre nous enserrent de toutes parts, et que, décidément, nous allons être engloutis pour toujours ? Mais « que ceux qui marchent dans les ténèbres et n'ont point de clarté, aient confiance au nom de l'Éternel, et qu'ils s'appuient sur leur Dieu ! » $^{Esaïe.50.10}$ Pour ma part, j'ai souvent traversé cette vallée, comme je vous l'ai déjà dit ; j'y ai été éprouvé bien plus sévèrement que cette fois-ci, et cependant vous voyez que je suis encore vivant. Je ne veux pas me vanter, car je ne suis pas mon propre sauveur ; mais j'ai bon espoir que nous serons délivrés. Venez, implorons la lumière de Celui qui veut éclairer nos ténèbres, et qui peut non seulement dissiper l'obscurité, mais aussi envoyer toutes les puissances sataniques enfer.

Ainsi, ils firent des prières et des supplications, et Dieu y répondit en envoyant la lumière et la délivrance. Ils ne rencontrèrent plus d'obstacles sur leur passage, du moins en cet endroit-là... Cependant, comme ils n'avaient pas encore parcouru la vallée dans toute son étendue, ils pouvaient s'attendre à de nouvelles contrariétés. En effet, ils trouvèrent un peu plus loin un amas d'ordures, et toutes sortes de mauvaises odeurs dont ils furent incommodés au dernier point.

– Ha ! se prit à dire Miséricorde en se tournant vers Christiana, il ne fait pas si bon par ici qu'à la Porte-étroite, ou chez l'Interprète, ni même dans la maison où nous avons séjourné en dernier lieu.

– Mais, répliqua l'un des enfants, ce serait bien pire s'il fallait toujours rester ici ; or, je crois pouvoir dire, sans présumer de savoir quelque chose, que si, pour arriver au lieu de notre destination, nous sommes obligés de suivre un tel sentier, c'est afin que nous jouissions d'autant plus ensuite du bonheur qui nous attend dans nos célestes demeures.

Grand-Cœur : – C'est bien, Samuel ; tu as parlé comme un homme.

– Ah ! continua le jeune garçon, je crois qu'une fois sorti d'ici, j'apprécierai mieux que jamais la lumière et le bon chemin.

– Eh bien, ajouta le guide, nous en sortirons bientôt, s'il plaît à Dieu.

Joseph : – Cette vallée est bien longue, ne peut-on pas en voir la fin ?

– Regarde à tes pieds, lui répondit le guide, car nous allons nous trouver parmi des pièges.

Ils prirent donc garde et continuèrent à marcher ; mais les pièges étaient ce qui les vexait extrêmement. Ils se trouvaient déjà au milieu de ces embarras quand ils découvrirent un homme étendu dans un fossé qui était à main droite. Ce n'était plus qu'un corps déchiré et meurtri. – Voilà, dit alors le guide, un de ces Insouciants comme il y en a tant qui passent par ce chemin. Il s'est couché en cet endroit pendant trop longtemps. Il y avait avec lui un nommé Vigilant qui trouva moyen d'échapper, tandis que lui fut pris et mis à mort. Vous ne pouvez pas concevoir combien il en est qui périssent dans ces environs, et cependant les hommes sont si téméraires, qu'ils ont la folie de se mettre en route pour le pèlerinage sans prendre de guide. Pauvre Chrétien ! c'est une merveille qu'il ait pu échapper ! Mais il était bien aimé de son Dieu ; il y allait aussi de tout cœur ; sans cela il n'eût jamais pu se tirer d'affaire.

Ils avaient presque achevé leur route, lorsqu'ils se trouvèrent juste à l'endroit où Chrétien avait eu occasion de voir le Géant Destructeur assis à l'entrée d'une caverne. Ce Géant faisait souvent des sorties, et avait l'habitude de corrompre, par ses sophismes, les jeunes pèlerins. Il s'approcha premièrement de Grand-Cœur qu'il désigna par son nom, et lui parla d'un ton menaçant. – Combien de fois, dit-il, vous a-t-on défendu de faire ces choses ?

– Quelle chose ? lui répondit M. Grand-Cœur.

– Quelle chose ! répliqua le Géant, vous le savez bien ; mais je vais mettre fin à votre trafic.

– Quoi qu'il en soit, repartit M. Grand-Cœur, avant de nous livrer combat, il faut savoir si vous avez de quoi nous accuser. (En ce moment, les femmes et les enfants se tenaient debout, tout tremblants, et ne sachant ce qu'ils allaient devenir)

Géant : – Vous ne faites que ravager le pays, et vous vous associez dans vos pratiques criminelles aux plus grands voleurs.

Grand-Cœur : – Mais ce ne sont là que de vagues accusations. Expliquez-vous donc nettement, exposez vos griefs d'une manière plus précise.

Géant : – Tu fais métier d'enlever des enfants à leurs parents ; tu recrutes en divers lieux femmes et enfants pour les transporter ensuite dans un pays qui est étranger au nôtre ; de telle sorte que les états de mon maître vont toujours en s'affaiblissant.

Grand-Cœur : – Je suis serviteur du Dieu des cieux ; j'ai pour mission de persuader les pécheurs, et de les amener à la repentance, selon la recommandation qui m'en a été faite. Je m'emploie, autant que possible, à faire passer hommes, femmes et enfants, « des ténèbres à la lumière, et de la puissance de Satan à Dieu. » Or, si c'est là ton grand chef d'accusation, je veux bien me mettre aux prises avec toi, à l'instant même, s'il le faut.

Sur cela, le Géant s'approcha pour une attaque décisive. De son côté, M. Grand-Cœur s'avance pour lui riposter, et tandis que d'une main il sort l'épée de son fourreau, l'adversaire tient dans les siennes une lourde massue. Ainsi, sans autre préambule, la lutte s'engage, et du premier coup M. Grand-Cœur est abattu sur l'un de ses genoux. En ce moment critique, les femmes et les enfants se mirent à crier. Aussitôt M. Grand-Cœur se relève, et se jette avec un courage intrépide sur son adversaire qu'il blesse grièvement au bras. Le combat fut opiniâtre, et dura l'espace d'une heure ; aussi, le Géant y épuisa-t-il ses forces. Vous eussiez dit, à le voir, que sa poitrine, semblable à une chaudière bouillante, laissait échapper des vapeurs épaisses comme la fumée. L'on convint de s'asseoir un instant pour reprendre haleine ; mais Grand-Cœur se livra à la prière. Tenons pour certain, toutefois, que les femmes et les enfants ne firent que gémir ou pleurer tout le temps du combat. Puis les deux combattants se trouvèrent de nouveau en présence. Il arriva, cette fois-ci, que par un de ses coups adroitement et vigoureusement appliqué, M. Grand-Cœur abattit son adversaire. Celui-ci demanda à se relever, et M. Grand-Cœur le laissa reprendre sa position. Ainsi la lutte recommence, si bien qu'il s'en est peu fallu que, avec son arme meurtrière, le Géant n'atteignît M. Grand-Cœur à la tête.

M. Grand-Cœur voyant ainsi sa vie menacée, se précipite sur lui avec toute l'énergie de son caractère, et lui enfonce l'épée dans les reins. Dès lors, le Géant commence à s'affaisser, et n'a plus seulement la force de tenir son arme. M. Grand-Cœur redouble ses coups sur l'ennemi, et parvient à lui trancher la tête. On vit alors les femmes et les enfants se réjouir, et celui qui venait de combattre si vaillamment, donna gloire à Dieu pour cette délivrance.

Dès qu'ils eurent achevé de rendre grâce, ils élevèrent en cet endroit une colonne où ils suspendirent la tête du Géant. Ils placèrent encore au dessous une inscription avec des caractères très distincts pour attirer l'attention des voyageurs.

C'est ici la tête de celui qui maltraita autrefois les pèlerins, il barrait leur passage, il n'en épargnait aucun. Il se montra toujours impitoyable jusqu'à ce que, moi, Grand-Cœur, je suis venu pour être le guide des pèlerins, et pour combattre leur ennemi.

18

ENTRETIEN SUR LE COMBAT

Rencontre de M. Franc. – Son réveil. – Son origine. – Il salue et interroge les pèlerins. – Histoire de Je-Crains.

Puis, ils cheminèrent jusqu'au pied du coteau qui se trouve un peu plus loin, et d'où ils pouvaient étendre leur vue à une distance considérable. C'est de là que Chrétien jeta les yeux pour la première fois sur son frère Fidèle. Ils s'assirent pour prendre un peu de repos. Ils prirent aussi un peu de nourriture et d'un breuvage excellent ; enfin, ils firent bonne chère, se félicitant d'avoir échappé à un ennemi si dangereux. Comme ils étaient ainsi à se reposer et se rassasier, Christiana demanda au guide s'il n'avait reçu aucun dommage dans cette rude bataille.

– Aucun, lui répondit M. Grand-Cœur, si ce n'est une faible contusion dans la chair ; mais ceci, bien loin d'être à mon préjudice, est au contraire une preuve certaine de mon dévouement pour mon Maître et pour vous, et doit tourner en définitive à ma louange, selon la grâce qui m'est accordée. 2Cor.4.10-11

Christiana : – Mais n'aviez-vous point peur, cher Monsieur, quand vous l'avez vu paraître avec une massue ?

Grand-Cœur : – Il est de mon devoir de me défier de moi-même, afin que je puisse mettre entièrement ma confiance en Celui dont la force surpasse celle de tous les autres ensemble.

Christiana : – Mais que pensiez-vous lorsqu'il vous a terrassé la première fois ?

Grand-Cœur : – Eh bien, je me suis rappelé qu'il en avait agi ainsi envers mon Maître, et que, au bout du compte, il a été lui-même vaincu par ce moyen-là. [Rom.8.37]

Matthieu : – Si vous avez tous dit votre façon de penser là-dessus, laissez-moi dire aussi la mienne : c'est que Dieu a été singulièrement bon à notre égard, soit en nous faisant sortir de cette sombre vallée, soit en nous délivrant des mains de notre adversaire. Pour ma part, je ne vois pas pourquoi nous refuserions de compter sur Dieu, puisqu'il vient de nous donner encore aujourd'hui un si éclatant témoignage de son amour.

Sur cela, ils se levèrent et passèrent outre. Or, il y avait, à quelques pas de là ; un chêne sous lequel ils trouvèrent un vieux pèlerin plongé dans un profond sommeil. Ils reconnurent à ses habits, à son bâton et à sa ceinture, qu'il était pèlerin. Le guide, autrement dit M. Grand-Cœur, s'approcha de lui pour le réveiller. A la première secousse qu'il reçut, le vieillard ouvrit les yeux en s'écriant : Hé ! qu'est-ce que c'est ? Qui êtes-vous ? et que venez-vous faire ici ?

– Allons, mon ami, lui dit M. Grand-Cœur, ne vous fâchez pas. Les gens qui sont ici, ne vous apportent que l'expression de leur sincère amitié.

Cependant, le brave homme se relève tout en portant un regard furtif sur les alentours, et répète sur le ton de la méfiance qu'il veut savoir avec qui il a affaire. Là-dessus, le guide lui donne son nom en disant : Je suis le conducteur de ces pèlerins qui voyagent vers la bien-heureuse éternité.

– Je vous demande pardon, s'écria M. Franc ; je craignais que vous ne fissiez partie de cette bande de voleurs qui, il y a quelque temps, ont enlevé la bourse de Petite-Foi ; mais à présent que je vous considère avec un peu plus d'attention, je m'aperçois que vous êtes des honnêtes gens.

Grand-Cœur : – Mais qu'auriez-vous fait ou que seriez-vous devenu si nous eussions été de ce monde-là ?

Franc : – Ce que j'aurais fait ! certes, je me serais battu comme un désespéré jusqu'au dernier souffle de vie, et j'espère bien que vous auriez eu occasion de vous féliciter de la manière dont je parviens à me tirer d'affaire en pareil cas ; car un chrétien ne se laisse jamais vaincre, à moins qu'il ne se conduise lâchement.

Grand-Cœur : – Fort bien, père Franc, je m'assure par là que tu es un de ces hommes d'heureuse rencontre, car tu as parlé avec vérité.

Franc : – Je reconnais aussi que tu t'entends dans la vraie méthode, tandis qu'il en est une multitude d'autres qui se font des idées étranges des pèlerins, s'imaginant que nous sommes faciles à vaincre.

Grand-Cœur : – Maintenant que nous sommes ici heureusement ensemble, permettez que je mette votre nom par écrit, et que je prenne connaissance du pays que vous avez habité.

Franc : – Je ne puis vous donner mon nom ; mais je viens du pays de l'Insensibilité qui est assez voisin de la ville de Perdition.

Grand-Cœur : – Ah ! vous êtes donc de cet endroit-là. Je suppose déjà qui vous êtes : n'est-ce pas vous que l'on désigne sous le nom de *Franchise* ? – Ici, on vit le rouge monter au visage du vieillard qui répliqua aussitôt : Je ne suis pas Franchise, dans le sens abstrait du mot, mais Franc est mon nom, et je voudrais l'être par ma nature comme je le suis par mon caractère.

Mais, Monsieur, ajouta-t-il, comment avez-vous pu deviner que je suis cet homme-là, vu que, par mon origine, je suis citoyen du triste pays que vous connaissez ?

Grand-Cœur : – J'avais déjà entendu mon Maître parler de vous, car il sait tout ce qui se passe sur la terre. Mais j'ai souvent été étonné qu'il pût venir quelque chose de bon de ces côtés-là, attendu que chez vous tout y est pire que dans la ville de Perdition.

Franc : – En effet, notre quartier est situé sur un point extrême, du côté où le soleil se couche ; nous sommes par conséquent, plus froids et plus engourdis.

Cependant, quoique ce que vous dites soit vrai d'un homme qui a passé la plus grande partie de son existence sur une montagne de glace, il est vrai de dire aussi que si le soleil de justice vient à luire sur cet homme, il sentira la glace de son cœur fondre au dedans de lui. C'est le fait de ma propre expérience.

Grand-Cœur : – Je le crois, père Franc, parce que je sais que la chose est véritable.

Ce fut alors que le vieillard salua les pèlerins par un saint baiser de charité. Puis, voulant connaître leur nom et les aventures de leur voyage, il les interrogea successivement en commençant par Christiana.

Christiana : – Quant à mon nom, je pense que vous en avez entendu parler. Le bon Chrétien était mon mari, et ceux-ci sont ses enfants. – Ici, il vous serait impossible de dire la surprise et la joie qu'éprouva le vieillard en apprenant qui elle était. Il ne put s'empêcher de sauter et de sourire en la comblant de mille souhaits.

– J'ai beaucoup entendu parler de votre mari, dit-il, ainsi que de ses voyages, et des combats qu'il a eu à soutenir en son temps. Ce qui soit dit pour votre consolation, le nom de votre mari a eu du retentissement dans toutes les contrées du monde ; la foi, le courage, la patience et la fidélité qu'il déploya en toutes circonstances, ont rendu son nom célèbre.

Il s'adressa ensuite aux enfants dont il prit d'abord le nom, et leur parla de la manière suivante : Matthieu, puisses-tu être comme Matthieu le péager, non pas dans le vice, mais quant à la vertu ! – $^{Matt.10.3}$ Samuel, puisses-tu ressembler à Samuel le prophète, un homme de foi et de prière ! $^{Psa.99.6}$ Joseph, que tu sois comme Joseph dans la maison de Potiphar, ayant une conduite chaste et fuyant là tentation ! et toi, Jacques, puisses-tu être comme Jacques, surnommé juste, et comme Jacques, le frère de notre Seigneur ! $^{Act.1.13-14}$

Après cela, il s'informa de Miséricorde pour savoir comment elle avait quitté son pays et sa parenté, et comment elle était venue en compagnie de Christiana et de ses fils. Puis ; il ajouta : Miséricorde est ton nom ; la miséricorde te soutiendra au milieu de tes peines, et te fera surmonter toutes les difficultés qui se rencontreront sur le chemin, jusqu'à ce que tu sois arrivée au lieu où, à ta grande satisfaction, tu contempleras la face de Celui qui est « le Père des miséricordes. »

Pendant tout ce temps-là, M. Grand-Cœur était resté saisi d'admiration. Il avait le sourire sur les lèvres tandis que ses yeux étaient fixés sur son nouveau compagnon.

Or, ils marchaient tous ensemble, et chemin faisant, le guide demanda au bon vieillard s'il n'avait pas connu un nommé M. Je-Crains qui quitta aussi sa terre natale pour venir en pèlerinage.

Franc : – Oui, je l'ai très bien connu. C'était un homme sincère au fond ; mais il était un de ces pèlerins les plus ennuyeux que j'aie jamais rencontrés.

Grand-Cœur : – Je m'aperçois que vous en avez eu connaissance, car vous indiquez fort bien son caractère.

Franc : – Je puis vous le certifier. J'étais même une fois intimement lié avec lui. Nous allions ensemble de compagnie lorsqu'il commença à se préoccuper, et à s'alarmer des choses qui devaient nous arriver par la suite.

Grand-Cœur : – Je lui ai servi de guide depuis la maison de mon Maître jusqu'aux portes de la cité céleste.

Franc : – Vous avez donc pu voir qu'il était passablement ennuyeux.

Grand-Cœur : – Oui, vraiment ; mais je pouvais très bien le supporter ; car les hommes de ma profession sont souvent chargés de la conduite de ceux qui lui ressemblent.

Franc : – Voyons donc, racontez-moi un peu comment il s'est comporté sous votre direction.

Grand-Cœur : – Voici ce qu'il en est. Il avait toujours peur de ne pouvoir atteindre le but qu'il s'était proposé. Le moindre bruit remplissait son âme de frayeur. Une chose qui aurait eu la plus légère apparence d'opposition, eût suffi pour l'anéantir. J'ai ouï dire qu'une fois, s'étant arrêté au bourbier du Découragement, il y gémit pendant plus d'un mois. Il n'osait point sortir de cette position, quoiqu'il pût trouver moyen de se rassurer par la rencontre de braves gens qui, ayant à faire le même chemin, lui avaient offert, même plusieurs fois, de lui donner la main. Il ne voulait cependant pas revenir en arrière. La cité céleste, c'était là son point de mire et l'objet de ses désirs. Il serait mort plutôt que de ne pas y arriver ; mais il se laissait abattre à chaque difficulté. Il avait si peu de fermeté et de courage qu'une paille jetée sur son chemin l'eût fait broncher. Un jour pourtant qu'il faisait un temps calme et serein, il s'enhardit et passa outre après avoir attendu longtemps près du bourbier du Découragement ; mais il ne fut pas plus tôt de l'autre côté qu'il avait peine à en croire ses yeux. Vous eussiez dit à le voir, qu'il portait dans son cœur le bourbier du Découragement, ou qu'il en était poursuivi de tous côtés. Il s'est montré trop pusillanime pour qu'on puisse en parler autrement. C'est ainsi qu'étant arrivé à la porte (vous comprenez ce que je veux dire) qui se trouve à l'entrée de ce chemin, il y demeura longtemps n'osant pas même heurter. Lorsque la porte lui fut ouverte, il aurait voulu se retirer et céder la place à d'autres, sous prétexte qu'il n'en était pas assez digne. Aussi, fut-il devancé par beaucoup d'autres qui entrèrent les premiers, bien que, pour une cause ou pour une autre, ils ne fussent partis que longtemps après lui. Le pauvre homme en restait là tout tremblant et plein d'hésitation. Il y avait de quoi faire fondre le cœur de quiconque venait à l'observer dans cette attitude. Je le répète, il n'était pas du tout disposé à rebrousser chemin. Il finit cependant par donner un coup ou deux en poussant légèrement le marteau qui était suspendu à la porte. Mais à l'instant même où quelqu'un se présente pour lui ouvrir, il se met à reculer comme il avait fait précédemment. Le Portier se lance aussitôt sur ses traces et lui crie : « Eh bien ! peureux, que souhaites-tu ? » – A ces mots, il tombe par terre. Le Portier s'étonne lui-même de le voir dans cet état de défaillance, et lui dit : « Paix te soit ! prends courage, car je suis venu seulement pour t'ouvrir la porte. Entre, et la bénédiction reposera sur toi. » – Sur cela, il se relève et s'avance en tremblant. Il entra donc, mais la honte était peinte sur son visage, tellement qu'il cherchait à se cacher. Quoi qu'il en soit, il put jouir là pendant quelque temps d'une bonne hospitalité (et vous savez comment on y est traité), et reçut ensuite l'ordre de continuer son voyage avec des instructions sur la route qu'il devait tenir.

19

SUITE

Je vis ensuite qu'il parvint, quoique avec difficulté, jusqu'au lieu de notre demeure. Étant donc arrivé à la porte de mon maître l'Interprète, il se conduisit comme ci-devant. Il commença par entrer en délibération pour savoir s'il devait appeler quelqu'un à son secours. C'était pendant une de ces nuits longues et froides ; cependant il ne voulait pas rebrousser chemin. Il portait du reste dans son sein un titre qui obligeait mon maître à le recevoir, et à lui fournir tout le confortable de la maison, et de lui procurer en outre un fort et courageux conducteur, vu que c'était un homme au cœur craintif comme la poule. Avec tout cela, il avait toujours peur de causer le moindre dérangement » Ainsi, l'infortuné se serait tenu là devant la porte, tantôt couché, tantôt debout, jusqu'à ce qu'il fût pour ainsi dire engourdi dans tous ses membres ; certes, sa timidité, son abattement étaient tels qu'il n'osait se présenter, tandis que beaucoup d'autres ne craignaient pas de heurter et d'entrer sous ses yeux. A la fin, m'étant mis à regarder par la fenêtre, j'aperçus quelqu'un qui allait et venait devant la porte ; je m'avançai vers lui et lui demandai qui il était, et ce qu'il voulait. Mais aussitôt je vis qu'il avait les larmes aux yeux. Dès lors je compris de quoi il s'agissait. J'entrai donc dans le cabinet de mon Souverain, et lui exposai ce cas particulier. Sur quoi il m'envoya immédiatement auprès de l'étranger pour le supplier d'entrer. J'eus grand peine à l'y décider ; mais enfin il entra, et je dois dire à la gloire de mon Souverain qu'il le reçut avec une touchante simplicité. De tous les morceaux qui étaient sur la table, on lui servit les meilleurs. C'est alors qu'il présenta ses titres de créance, et le Seigneur, après avoir lu la note principale, lui dit que sa demande lui serait accordée. Il ne s'était pas encore écoulé beaucoup de temps depuis son arrivée, qu'il commença à se sentir un peu à l'aise ; car mon maître est toujours ému dans ses entrailles, surtout quand il s'agit de ceux qui sont timides. C'est pourquoi, il disposa les choses, en cette occasion, de manière à contribuer le plus' possible à son encouragement. Quand donc il eut passé en revue tous les objets de ce lieu, et qu'il eut fait les préparatifs nécessaires pour continuer son voyage vers la cité, mon seigneur lui donna un flacon d'un cordial fortifiant, et quelques aliments substantiels pour prendre en route, comme il avait fait auparavant à l'égard de Chrétien. C'est ainsi que me plaçant devant lui nous nous mîmes en chemin : ce n'était pas un homme de beaucoup de paroles, mais on l'entendait soupirer sans cesse.

Dès que nous fûmes parvenus au lieu où se trouvaient pendus les trois garnements dont il a été parlé plus haut, il me dit qu'il craignait d'avoir une fin semblable à la leur. Ce n'est que la vue de la croix et du sépulcre qui lui procurait quelque consolation. J'avoue qu'il était content quand son attention venait à se fixer sur ces objets, et il semblait par moments en recevoir un véritable profit. Lorsqu'il se trouva en face du coteau des Difficultés, il n'eut aucune relâche ; il ne se mettait même pas en peine des lions ; car vous savez que ces choses n'étaient pas ce qui l'inquiétait, mais bien la pensée de n'être pas finalement accepté.

Contre son attente, je le conduisis dans la maison appelée la Belle. Ici, je cherchai à le mettre en rapport avec plusieurs personnes de l'établissement ; mais je m'aperçus qu'il en éprouvait de la confusion ; et, à la vérité ce n'était pas un homme à faire société. Il aimait beaucoup la solitude ; cependant il aurait écouté volontiers une bonne conversation, il se serait mis, par exemple, derrière un paravent pour entendre ce que l'on disait. Il avait aussi du goût pour les objets d'antiquité et aimait à en conserver la mémoire. Il me dit ensuite qu'il se plairait très bien dans les deux maisons qu'il avait visitées, en dernier lieu, savoir : chez le Portier et dans la maison de l'Interprète, bien qu'il eût manqué de hardiesse pour en demander l'entrée.

Lorsqu'ensuite il eut à descendre la colline depuis la maison la Belle jusqu'à la vallée l'Humiliation, il marcha aussi bien que qui que ce fût ; car il ne craignait pas de descendre bien bas pourvu qu'il pût être heureux à la fin. On eût dit vraiment qu'il y avait une certaine sympathie entre cette vallée et les dispositions de son esprit, car je ne l'ai jamais vu plus content dans tout le cours de son pèlerinage qu'en cet endroit.

Là, il se serait assis, il aurait baisé la terre et embrassé jusqu'aux fleurs qui croissent dans cette vallée. ^{Lam.3.27,29} Il avait pour habitude de se lever chaque matin au point du jour, pour se livrer aux exercices de son esprit, tout en se promenant de long en large dans ces lieux solitaires. Mais quand il fut parvenu à l'entrée de la vallée qu'on appelle l'Ombre-de-la-Mort, je crus, que j'allais perdre mon homme : ce n'est pas qu'il fût disposé à revenir en arrière, puisqu'il en repoussait l'idée avec horreur, mais il était comme rendant l'âme de frayeur. Il lui semblait voir un spectre, et criait sans cesse aux lutins, comme s'il en avait été poursuivi ; c'était au point que je ne pouvais le détourner de cette idée. Le bruit qu'il faisait, et ses cris de détresse étaient tels, qu'il n'en fallait pas davantage pour encourager les ennemis, s'il s'en fût trouvé réellement, à venir fondre sur nous. Mais ce que j'ai très bien remarqué, c'est que cette vallée était aussi tranquille alors qu'à quelque autre époque que j'aie pu m'y rencontrer. J'ai lieu de croire que ces ennemis furent, en tous cas, retenus par l'ordre de mon Souverain, en sorte qu'ils n'eurent aucun pouvoir contre M. Je-Crains qui passa très bien sans accident.

Ce serait trop ennuyeux s'il fallait tout vous raconter ; nous ne mentionnerons donc qu'une ou deux circonstances de plus. Quand il arriva à la Foire-de-la-Vanité, il semblait vouloir se battre avec tous les hommes de la foire. Il se montra tellement l'ennemi implacable de leurs sottises, que j'avais raison de craindre qu'on ne nous assommât l'un et l'autre de coups. Il ne déploya pas moins d'énergie sur le Terroir-enchanté. Mais, arrivé sur le bord du fleuve qui se traverse sans pont, il se trouva de nouveau très embarrassé. – Ah ! ah ! s'écria-t-il, je serai englouti sous les eaux pour toujours, et n'aurai jamais le bonheur de voir la face de Celui qui est l'objet de mes désirs et pour lequel j'ai déjà fait tant de chemin.

Il est vrai de dire, cependant, et c'est une chose remarquable, que les eaux du fleuve avaient alors beaucoup diminué, tellement qu'à aucune autre époque de ma vie je ne les avais vues si basses. Il se décide enfin ; et, au moment où il entra dans le fleuve, c'est tout au plus si l'eau allait jusqu'à la cheville du pied. Puis, je vis qu'il s'approchait sensiblement de la grande porte, et dès lors je pus prendre congé de lui après lui avoir souhaité sa bien-venue dans les hauts lieux. Les dernières paroles que je lui entendis proférer, sont celles-ci : « Ça ira tout de même. » Ainsi, nous nous séparâmes, et je ne le revis plus.

Franc : – Il paraît donc que tout a été bien pour lui, en définitive.

Grand-Cœur : – Oui, assurément. Je n'ai jamais eu le moindre doute à son sujet ; c'était un homme à qui l'on pouvait reconnaître d'excellentes qualités. Il avait seulement des idées sombres, et c'est ce qui rendait sa vie insupportable à lui-même, et pénible aux autres. [Psa.88.1] Il était sensible au péché plus que beaucoup d'autres ; il craignait toujours de porter préjudice à quelqu'un. Cette délicatesse était telle chez lui qu'il se serait privé des choses les plus légitimes pour ne pas scandaliser les autres. [Rom.14.21 ; 1Cor.8.13]

Franc : – Mais comment se fait-il que ce brave homme ait passé la plus grande partie de ses jours dans la tristesse ?

Grand-Cœur : – Cela peut tenir principalement à deux causes : D'abord, la sagesse de Dieu en avait décidé ainsi ; les uns font entendre des accents joyeux, tandis que d'autres chantent des airs lugubres. [Matt.11.16,18] Or, M. Je-Crains était un de ceux qui jouent sur des notes basses. Lui et ceux de son ordre faisaient usage de la saquebute qui, comme on le sait, produit un son plus plaintif que beaucoup d'autres instruments, ce qui n'empêche pas que certaines personnes ont raison de dire que c'est sur un ton de basse qu'il faut reconnaître les principes de la musique. Pour ma part, je n'attache aucun prix à cette profession de foi qui exclut tout sentiment de tristesse. La première corde que le chef de musique touche ordinairement pour arriver au parfait accord, se trouve être sur la basse. Dieu aussi touche cette première corde quand il veut mettre l'âme en parfait accord avec lui-même. Quoi qu'il en soit, M. Je-Crains avait toujours le défaut de ne jouer que sur ce même ton. C'est ce qu'il fit, je crois, jusque vers la fin de sa vie.

J'emploie hardiment ces sortes de métaphores, attendu que c'est un moyen de développer l'esprit des jeunes lecteurs, et parce que dans le livre de l'Apocalypse, les élus sont comparés à une troupe de musiciens qui jouent sur la harpe et chantent un nouveau cantique devant le trône. [Apoc.5.8-9 ; 14.2-3]

Franc : – C'était un homme bien zélé, d'après le tableau que vous venez d'en faire. Le coteau des Difficultés, les Lions, la Foire-de-la-Vanité, aucune de ces choses ne lui faisait peur ; c'était seulement le péché, la mort, et l'enfer qui étaient pour lui un sujet d'angoisse ou de terreur, parce qu'il avait encore quelques doutes sur son salut.

Grand-Cœur : – Vous dites vrai ; ce sont bien là les choses qui le chagrinaient, et comme vous le faisiez observer, son état provenait d'un manque de foi ou d'intelligence quant au fait de son adoption, plutôt que d'une faiblesse ou d'une lâcheté de cœur dans ce qui regarde la vie pratique du pèlerin. Il aurait, comme dit le proverbe, marché sur des tisons, pour arriver plus vite, et il n'y a pas lieu d'en être étonné ; mais ce qui accablait tant son esprit, est ce dont on se débarrasse le plus difficilement.

Christiana : – Ce récit, touchant M. Je-Crains, me fait réellement du bien. Je pensais que personne ne devait être comme moi, mais je vois à présent qu'il en est autrement, car il y a un grand rapport entre l'expérience de ce brave homme et la mienne. Nous différons seulement sur deux points : Ses angoisses étaient si fortes qu'il ne pouvait s'empêcher de les faire paraître au dehors, tandis que je gardais les miennes au dedans. Puis, en ce qui touche la liberté d'entrer dans ces maisons hospitalières qui sont mises au service des pèlerins, il manquait de courage et de force pour se faire entendre ; mais mes épreuves. étaient de telle nature que je pouvais frapper avec plus de véhémence.

Miséricorde : – S'il m'est permis de parler aussi d'après mes sentiments, je dirai qu'il s'est passé dans mon expérience bien des choses qui ont du rapport avec l'histoire de cet homme. Ainsi, j'ai toujours été alarmée à la vue du lac de feu et par la crainte de perdre ma place dans le paradis, beaucoup plus que je ne l'aurais été par la perte de toute autre chose. Ah ! me disais-je, quel bonheur si je pouvais me trouver un jour dans la céleste habitation ! Je sacrifierais bien volontiers tout ce que j'ai au monde, pourvu que je pusse y parvenir.

Matthieu : – Pour mon compte, la crainte est bien une de ces choses qui me portaient à croire que j'étais loin de posséder au dedans de moi ce qui accompagne le salut ; mais, s'il en fut ainsi à l'égard d'un homme si excellent, pourquoi n'en serait-il pas de même avec moi ?

Jacques : – Là où n'est pas la crainte, là n'est pas non plus la grâce. Bien que la grâce ne s'allie pas toujours avec la crainte de l'enfer, il est certain, pourtant, qu'il n'y a aucune grâce là où n'existe aucune crainte de Dieu.

Grand-Cœur : – Jacques, ton raisonnement est juste ; tu as touché le point important de la question, car « la crainte de Dieu est le commencement de la sagesse, » et ceux qui n'en ont pas au commencement, n'en possèdent, ni au milieu, ni à la fin. Mais nous terminerons ici notre entretien sur M. Je-Crains en lui faisant nos adieux.

20

HISTOIRE DE JE-VEUX

Les caractères particuliers de la propre volonté – Les pèlerins sont mis en garde.

Après que M. Grand-Cœur eut fini son rapport concernant M. Je-Crains, la conversation fut amenée sur d'autres sujets. C'est ainsi que M. Franc commença par entretenir ses amis d'un certain personnage, nommé Je-Veux : Cet individu, dit-il, prétendait être pèlerin ; mais je suis persuadé qu'il n'est jamais entré par la Porte-étroite.

Grand-Cœur : – N'avez-vous jamais eu de conversation avec lui à ce propos ?

Franc : – Oui, plus d'une fois ; mais il me faisait l'effet de quelqu'un qui n'aime que ce qu'il veut, comme le porte son nom. Il ne tenait compte de personne, il ne pesait aucune raison, et ne voulait suivre aucun exemple. Il était résolu de faire tout ce que lui dictait son esprit, et rien d'autre.

Grand-Cœur : – Dites-moi un peu quels étaient ses principes, car je présume que vous les connaissez.

Franc : – Il soutenait qu'il est permis à un homme de partager les vices aussi bien que les vertus des pèlerins, et que celui qui pratiquerait les premiers, et imiterait les secondes, pourrait être certain de son salut.

Grand-Cœur : – Comment ? S'il avait dit simplement qu'il est possible pour les personnes les mieux intentionnées de participer aux défauts des pèlerins tout en possédant leurs vertus, il n'aurait pas été, à coup sûr, bien blâmable, vu que nous ne pouvons pas être absolument exempts de péché ; mais nous nous trouvons sous l'obligation de veiller et de combattre le mal. Au reste, ce n'est pas là vraisemblablement qu'est la question. Si je comprends bien ce que vous avez voulu dire, c'est que, d'après son opinion, il est permis à quelqu'un d'être vicieux.

Franc : – C'est précisément cela. Il le croyait ainsi, et se conduisait en conséquence.

Grand-Cœur : – Mais, sur quoi s'appuyait-il quand il parlait de la sorte ?

Franc : – Eh bien ! il prétendait avoir l'Écriture pour lui.

Grand-Cœur : – Mais, de grâce, quels sont les passages qu'il faisait valoir en sa faveur ?

Franc : – Je veux bien vous les indiquer. Il alléguait, par exemple, les relations illicites que David entretint avec les femmes d'autrui, et disait que si le bien-aimé de Dieu a ainsi agi, il pouvait par conséquent faire de même. Il disait que parce que Salomon a eu plusieurs femmes, il était autorisé, lui, à pratiquer le concubinage. Il disait que puisque Sara et les sages-femmes d'Égypte avaient menti, ainsi que Rahab, il pouvait faire de même. Il se croyait justifié en commettant un vol par le fait que les disciples allèrent, sur l'invitation de leur Maître, prendre un âne qui était la propriété d'autrui. Il disait encore que pour s'emparer de l'héritage de son père, Jacob employa la ruse et la fraude, et que pour cette raison il ne se rendait pas coupable en suivant son exemple.

Grand-Cœur : – Que c'est mesquin et indigne ! Mais êtes-vous sûr qu'il avait de telles opinions ?

Franc : – Je l'ai entendu moi-même citer l'Écriture, et formuler des arguments pour les faire prévaloir.

Grand-Cœur : – C'est une misérable doctrine qui, après tout, ne peut pas avoir grand crédit dans le monde.

Franc : – Il faut bien me comprendre. Il ne disait pas que chacun doit faire ces choses, mais que ceux qui ont la piété de ces hommes, peuvent se laisser aller aux mêmes penchants qu'eux.

Grand-Cœur : – Mais quoi de plus faux qu'une pareille conclusion ? Cela revient à dire que parce que des hommes d'une piété reconnue, ont eu leurs infirmités, et sont tombés dans quelque péché notoire, il peut, lui, commettre présomptueusement la même faute, et tant d'autres encore ; ou bien, parce que l'enfant qu'un vent de tempête fait chanceler sur sa base, viendra à heurter contre une pierre, ou même se trouvera tout à coup renversé et sali par la boue, il croit, lui, être justifié en se plongeant volontairement et se vautrant comme la truie dans le bourbier. Qui aurait pensé qu'un tel individu eût été aveuglé à ce point par les erreurs de sa propre convoitise ? Mais il faut bien que ce que dit l'Écriture soit vrai : « Lesquels heurtent contre la parole, et sont rebelles, à quoi aussi ils ont été destinés. » ^{1Pier.2.8,11} De plus, quand il s'imagine qu'un homme peut être sincèrement pieux tout en vivant dans le péché, il est dans une illusion aussi étrange et aussi funeste que la première. C'est tout comme le chien qui, parce qu'il se nourrit des immondices d'un enfant, prétendrait en avoir aussi les qualités. « Manger les péchés du peuple de Dieu, » ^{Osée.4.8} n'implique pas que l'on en possède les vertus. Il m'est également impossible de croire que celui qui partagea une telle opinion, puisse avoir la foi et l'amour demeurant en lui. Or, je sais que vous lui avez opposé de fortes objections ; mais, je vous en prie, comment cherchait-il à se justifier ?

Franc : – Hélas ! il n'avait pas honte de dire qu'il vaut mieux être conséquent dans le mal que l'on fait, que d'agir d'une manière contraire aux opinions que l'on professe.

Grand-Cœur : – Voilà, en vérité, une bien triste réponse. C'est déjà bien mauvais que de lâcher la bride à une passion que l'on condamne chez soi aussi bien que chez les autres ; mais commettre le péché pour s'en glorifier, c'est le pire de tout. Dans le premier cas, c'est être accidentellement une occasion de chute à ceux qui vous observent ; dans le second, c'est les attirer dans le piège.

Franc : – Il y en a beaucoup qui, sans avoir le langage de cet homme, ont pourtant le même sentiment que lui, ce qui fait que la profession de pèlerin tombe en discrédit.

Grand-Cœur : – Ce que vous dites est vrai ; et c'est bien là une chose tout à fait déplorable. Mais celui qui craint le Roi de la cité, viendra toujours à bout de tout.

Christiana : – Il y a des idées étranges dans le monde. J'en connais un qui pense qu'il aura toujours le temps de se repentir quand viendra le moment de la mort.

Grand-Cœur : – Ce ne sont pas les plus sages qui pensent ainsi. Il serait pris singulièrement au dépourvu celui qui, ayant toute une semaine pour faire vingt-huit kilomètres de marche à seule fin de sauver sa vie, se trouverait avoir différé jusqu'à la dernière heure de se mettre en route.

Franc : – Vous avez raison. Et cependant la généralité de ceux qui se disent pèlerins, agissent ainsi. Je suis ancien, comme vous le voyez, et j'ai fait bien des pas sur ce chemin dans le cours de ma vie. J'ai remarqué bien des choses. Il m'est arrivé d'en rencontrer quelques-uns qui, à leur début, agissaient comme s'ils eussent voulu entraîner tout le monde avec eux, et qui cependant ont péri misérablement comme tant d'autres dans le désert, au bout de quelques jours. Ainsi, ils ne sont jamais parvenus à la terre promise. J'en ai vu par contre, qui promettaient très peu dès leur entrée dans la carrière de pèlerin ; tellement qu'on aurait pu penser qu'ils n'avaient qu'un jour à vivre ; et, cependant, ils ont montré par la suite qu'ils étaient de bonne race. Il en est d'autres qui se sont mis d'abord à courir, et qui, après un certain temps d'épreuve, sont revenus en arrière aussi vite qu'ils s'étaient mis en avant. Vous en trouverez encore qui, après avoir parlé très avantageusement de la vie de pèlerin, en diront tout autant de mal. J'en ai entendu quelques-uns se flatter d'avance de ce qu'ils feraient dans le cas où il surviendrait de l'opposition ; et néanmoins, ces gens-là ont fui au bruit même d'une fausse alarme, « et ayant fait naufrage quant à la foi, ils ont abandonné le chemin de la vie. »

Comme ils s'entretenaient ainsi, ils aperçurent un homme qui s'avançait à grands pas. Il s'approcha d'eux, et leur parla en ces termes : Messieurs, et vous qui êtes d'un tempérament plus faible, si vous tenez à la vie, prenez garde à vous, car les voleurs sont là à quelques pas d'ici. – Tenez, dit aussitôt Grand-Cœur, ce doivent être les trois scélérats qui ont naguère attaqué Petite-Foi. Oh bien ! nous les attendons de pied ferme. Sur cela, ils continuèrent leur chemin. Mais ils eurent la précaution de regarder attentivement à chaque détour, parce qu'ils s'attendaient à les rencontrer par là. Toutefois, les voleurs n'approchèrent pas de nos pèlerins, soit que la voix de Grand-Cœur les eût effrayés, soit qu'ils eussent détourné leur attention pour la porter sur quelque autre proie.

21

LES PÈLERINS CHEZ GAÏUS

Leurs ancêtres. – Leur progéniture. – Égards que Dieu a pour la femme.

Christiana se trouvait actuellement fatiguée du chemin et aurait voulu faire la rencontre d'une auberge pour y prendre quelque repos, elle et ses enfants. En conséquence, elle en exprima son désir à M. Franc qui lui dit : Un peu plus loin nous en trouverons une petite qui est tenue par le sieur Gaïus, un disciple fort respectable. [Rom.16.23] Ils furent tous d'avis qu'on irait loger dans cette auberge, et cela leur était d'autant plus agréable que leur vieil ami venait d'en parler avec éloge. Ainsi, ils se hâtèrent d'arriver à la porte où ils ne jugèrent pas même nécessaire de s'arrêter pour demander l'entrée ; car les gens n'ont pas l'habitude de heurter à la porte d'une auberge. Ils entrèrent donc librement et envoyèrent appeler le maître de la maison qui s'empressa de venir. Ensuite, ils demandèrent s'il leur était possible d'y passer la nuit.

Gaïus : – Oui, Messieurs, si vous êtes des hommes au cœur sincère. Je pose cette condition attendu que ma maison n'est destinée qu'aux véritables pèlerins. – Ici, Christiana, Miséricorde et les enfants, bien loin d'être scandalisés de ce langage, n'en furent que plus satisfaits, parce qu'ils comprirent par là, que l'aubergiste était un ami des pèlerins. Nos voyageurs demandèrent ensuite à voir des chambres, sur quoi on les conduisit chacun dans son appartement.

Grand-Cœur : – Dis-moi, bon Gaïus, qu'as-tu à nous donner pour souper ? Car ces pèlerins ont fait un long trajet aujourd'hui, et sont fatigués.

Gaïus : – C'est bien tard et je ne puis sans inconvénient aller dehors pour chercher des vivres ; mais tout ce que j'ai, est à votre disposition.

Grand-Cœur : – Nous voulons bien nous contenter de ce que tu as dans la maison ; je suis assuré d'ailleurs par l'épreuve que j'ai faite de toi que tu ne manques pas de ces choses qui sont toujours de saison ;

Là-dessus, Gaïus se rendit auprès de la cuisinière, nommée Goûtez-ce-qui-est-bon, et lui ordonna de faire tous les apprêts nécessaires pour donner satisfaction à l'appétit des voyageurs. Une fois ses ordres donnés, il revient vers les pèlerins et leur dit : Venez, mes bons amis ; vous êtes les bien-venus chez nous, et je me réjouis d'avoir une maison à votre service. Pendant que le souper se prépare, édifions-nous par quelque bonne conversation. – A quoi chacun répondit par un signe d'approbation. – Et cette bonne mère, ajouta-t-il, est-elle la compagne de quelqu'un que je connaisse ? et pourriez-vous me dire quels sont les parents de cette jeune fille ?

Grand-Cœur : – Cette personne est la femme d'un nommé Chrétien, qui s'en alla autrefois en pèlerinage, et dont les quatre enfants sont ici présents. Quant à la jeune fille, c'est une de ses connaissances qu'elle a engagée à faire le voyage avec eux. Les enfants ressemblent tous à leur père, et sont jaloux de marcher sur ses traces. S'il leur arrive de se rencontrer dans un endroit où le vieux pèlerin ait laissé quelque souvenir, ou même l'empreinte de ses pieds, ils en ont de la joie et témoignent le désir de faire comme lui.

Gaïus : – C'est donc là la femme de Chrétien, et ceux-ci sont ses enfants ! – J'ai bien connu le père de votre mari, et même son grand-père. Je pourrais en citer plusieurs de cette famille qui se sont distingués. C'est à Antioche que leurs ancêtres ont premièrement habité. [Act.11.26] Les aïeux de Chrétien (je pense que votre mari vous en a parlé quelquefois) étaient des hommes bien remarquables en leur temps. Ils se sont montrés vertueux et pleins de zèle pour leur Souverain, dont ils aimaient à suivre les voies ; ils se sont dévoués de même pour ses bien-aimés, plus qu'aucun autre que je connaisse. J'ai ouï dire au sujet de quelques-uns qui furent les plus proches parents de votre mari, qu'ils ont enduré toutes sortes d'épreuves pour l'amour de la vérité. Etienne, par exemple, qui est un des plus anciens de la famille et dont votre mari se trouve être le descendant en ligne directe ; eh bien ! Etienne fut assommé à coups de pierres. ^(Act.7.59-60) Jacques, qui appartenait encore à cette génération, périt aussi sous le tranchant de l'épée. ^(Act.12.2) Pour ne rien dire de Paul et de Pierre, de ces hommes les plus notables de la maison d'où votre mari est sorti, je pourrais citer Ignace qui fut livré à la férocité des lions ; Romanus dont les chairs furent déchirées et enlevées de ses os par petits morceaux ; Polycarpe qui se distingua par son courage, même au moment où son corps fut livré à la fureur des flammes qui le consumèrent entièrement. ^(2Sam.10.12 ; 1Cor.16.13) Il y en eut un aussi qui, après avoir été lié de cordes, fut suspendu dans un panier et exposé au soleil pour être dévoré par les guêpes, et un autre que l'on mit dans un sac pour être ensuite jeté vivant dans la mer. Il me serait impossible d'énumérer tous les membres de la famille qui ont souffert les injures et la mort parce qu'ils aimaient la vie de pèlerins. Maintenant je ne puis que me réjouir de voir que ton mari a laissé derrière lui quatre enfants tels que ceux-ci. J'espère qu'ils ne porteront pas en vain le nom de leur père, et qu'ils s'estimeront heureux de marcher sur ses traces, afin d'atteindre le même but que lui.

Grand-Cœur : – En vérité, Monsieur, ils en ont toute l'apparence ; ils y vont de tout cœur, et semblent choisir de préférence la route qu'a suivie leur père.

Gaïus : – C'est ce que je veux dire ; il y a tout lieu de croire qu'on verra la postérité étendre encore ses racines et devenir nombreuse sur la surface de la terre : c'est pourquoi, il faut que Christiana songe à ses fils, et s'occupe de leur trouver quelques jeunes personnes avec lesquelles ils puissent contracter alliance, de telle façon que la mémoire de leur père et le nom de la famille se perpétuent dans le monde.

Franc : – Ce serait une chose fort regrettable si la progéniture venait à déchoir et à s'éteindre.

Gaïus : – S'éteindre ? Impossible ; mais elle peut diminuer quant au nombre. Que Christiana suive donc mon conseil, car c'est là le vrai moyen de se maintenir et de se propager.

Christiana, continua l'Aubergiste, je suis heureux de te voir ici avec ton amie Miséricorde ; tu es parfaitement bien accompagnée. Ne penses-tu pas avec moi qu'il conviendrait de marier Miséricorde avec l'un de tes proches parents ? Si elle y consent, il faut la donner à Matthieu, ton fils aîné ; par ce moyen, nous conserverons peut-être une postérité sur la terre. – C'est ainsi que l'affaire fut conclue, et, peu de temps après, les deux époux furent unis, mais nous en dirons davantage sur ce sujet un peu plus loin.

Gaïus, reprenant son discours : Je veux parler maintenant en faveur de la femme, afin d'ôter l'opprobre qui pèse sur elle. Car, comme la mort et la malédiction sont venues dans le monde par le moyen de la femme, la délivrance et la vie sont venues par son intermédiaire : « Dieu a envoyé son Fils, né d'une femme. » [Gen.3.15 ; Gal.4.4] Il paraît même certain que celles qui lui ont succédé, eurent en horreur l'acte de leur mère, puisque sous l'ancienne alliance il y en avait beaucoup de leur sexe qui désiraient vivement d'avoir des enfants, comme si chacune de ces femmes eût convoité l'honneur d'être la mère du Sauveur du monde. Je dirai en outre que, lors de l'avènement du Sauveur, il y eut des femmes qui, anticipant sur le bonheur des hommes et des anges, se réjouirent les premières de voir son jour. [Luc.1.46-47] Nous ne voyons pas qu'aucun homme ait jamais donné à Christ seulement un denier, tandis que « les femmes qui le suivaient, l'assistaient de leurs biens. » [Luc.8.3] Ce fut une femme qui lava ses pieds avec des larmes, et une autre qui oignit son corps d'un parfum qu'elle avait gardé pour le jour de sa sépulture. [Luc.7.44 ; Jean.12.3,7] C'étaient des femmes qui le pleuraient, alors qu'on allait le clouer sur une croix, et qui le suivirent de même depuis le lieu de son supplice jusqu'au tombeau où elles s'attendaient à le voir. Ce furent encore des femmes qu'il rencontra d'abord au matin de sa résurrection, et qu'il envoya porter les premières nouvelles de ce grand événement à ses disciples. [Matt.27.55-56,61] Dieu a donc accordé aux femmes des faveurs particulières, et les faits que je viens de signaler, montrent qu'elles ont part comme nous à la grâce de la vie.

22

LE SOUPER

Les paraboles. – Combat contre l'Ennemi-du-Bien. – L'Esprit-abattu. – Sa délivrance. – Son histoire. – Je-Crains, parent de l'Esprit-abattu. – Obliquité frappé de la foudre.

Maintenant, le souper devant être bientôt servi, la Cuisinière monta pour prévenir son monde. Elle pria en même temps quelqu'un de mettre sur la table une nappe et des couverts, comme aussi d'y placer le sel et le pain dans un ordre convenable. Matthieu, qui sentait son appétit se raviver par la vue de tous ces objets, se prit à dire : J'éprouve un besoin de manger comme je n'en ai jamais eu auparavant.

Grand-Cœur : – Puissent toutes les doctrines dans lesquelles tu as été enseigné, être aussi un moyen d'exciter en toi une plus grande envie de t'asseoir à table avec le Prince de la vie dans son royaume ! Car toutes les prédications, tous les livres et toutes les institutions qui sont de quelque valeur ici-bas, ne nous offrent que des avant-goûts, si on les compare au festin que notre Seigneur nous prépare dans sa maison.

Enfin, le souper fut mis sur la table, et les premières choses que l'on servit, furent une « épaule d'élévation et une poitrine de tournoiement », pour montrer qu'il faut commencer le repas par la prière et l'action de grâce. Lév.8.32,34 ; 10.14-15 ; Psa.25.1 ; Héb.13.15 C'est avec l'épaule d'élévation que David élevait son âme à Dieu ; c'est aussi avec la poitrine de tournoiement, c'est-à-dire, avec émotion de cœur qu'il avait l'habitude de jouer de la harpe en signe de reconnaissance. Ces deux plats étant bien assaisonnés, ils les trouvèrent délicieux, et en mangèrent tous de bon cœur.

L'on apporta ensuite une bouteille de vin qui était aussi rouge que le sang. Buvez-en à discrétion, leur dit Gaïus ; c'est du véritable jus de la vigne qui réjouit Dieu et les hommes. Ils en burent donc et se réjouirent. [Deut.32.14 ; Jug.9.13 ; Jean.15.5] Après cela, il leur fut servi un mets composé de lait et de pain émietté ; c'est une nourriture, substantielle, et pourtant d'une digestion facile. Ici, Gaïus veut qu'on donne cette portion aux enfants, « afin, dit-il, qu'ils croissent par ce moyen. » [1Pier.2.1-2] L'on présenta aussi du beurre et du miel, sur quoi Gaïus remarqua encore que c'était l'aliment dont le Seigneur se nourrit lui-même pendant les jours de sa jeunesse : « Il mangera du beurre et du miel, afin qu'il sache rejeter le mal et choisir le bien. » [Esaïe.7.15] Mangez-en donc abondamment, dit-il, afin que vous soyez ranimés et fortifiés dans votre entendement et quant à l'homme intérieur. Vint ensuite un plat de pommes ; c'était un fruit bien savoureux. Cependant Matthieu hésite à le prendre : Je doute qu'il nous soit permis de toucher aux pommes, dit-il ; car n'est-ce pas au moyen d'un fruit semblable à celui-ci, que le serpent vint surprendre nos premiers parents ? – A cela Gaïus répondit :

C'est au moyen du fruit que nous avons été séduits ; cependant, c'est le péché, et non le fruit, qui souille l'âme. Le fruit défendu, si on le mange, fait du mal, mais celui que Dieu ordonne fait du bien. Bois donc de ses liqueurs et mange de son fruit, ô toi, Église, sa colombe, qui te pâmes d'amour. [Cant.2.5]

Matthieu : – Je me faisais scrupule d'en manger parce qu'il y a quelque temps, je fus malade pour avoir mangé du fruit.

Gaïus : – Le fruit défendu peut vous faire mal, mais non celui que le Seigneur autorise.

Tandis qu'ils étaient ainsi à s'entretenir, on leur servit un autre plat : cette fois, c'étaient des noix. [Cant.6.11] Ici, l'un des convives dit : Les noix gâtent les dents tendres, surtout celles des enfants, ce que Gaïus ayant entendu, il lui répliqua par ces paroles :

Les noix sont des mystères (je ne dis pas impénétrables).
Ouvrez-les donc et vous aurez un fruit délectable.

Ils étaient tous très contents, et demeurèrent longtemps à table, causant de choses diverses. Le tour du plus ancien étant venu de parler :

Mon excellent hôte, dit-il, voudriez-vous avoir la complaisance, pendant que nous cassons les noix, de résoudre ce problème :

> *Il y a tel homme (bien que plusieurs plaignent son sort)*
> *Pour qui donner est un moyen d'augmenter son trésor.*

En ce moment, tout le monde prête la plus grande attention ; chacun se met à réfléchir de son côté, et se demande quelle sera la réponse. Enfin, Gaïus rompant le silence, répondit de la manière suivante :

> *Celui qui des pauvres se montre le soutien,*
> *Recevra du Seigneur abondance de bien.*^{Luc.6.38}

Monsieur, dit Joseph, je n'aurais pas cru que vous eussiez pu l'expliquer.

Il faut vous dire, ajouta Gaïus, que je pratique cette méthode depuis déjà bien longtemps. Il n'y a rien comme l'expérience pour vous instruire ; j'ai appris de mon Maître à être libéral, et mon expérience a démontré que ce système de conduite a des résultats très avantageux. C'est bien le cas de dire ici : « Qui perd gagne », ou bien avec le prophète : « Tel répand qui sera augmenté davantage, et tel resserre outre mesure, qui n'en aura que disette. Tel se fait riche qui n'a rien du tout ; et tel se fait pauvre qui a de grandes richesses. » ^{Prov.11.24 ; 13.7.}

Sur cela le jeune Samuel vint chuchoter aux oreilles de Christiana : Ma mère, dit-il, c'est ici une bonne maison ; restons-y encore quelque temps, et que mon frère Matthieu soit marié avec Miséricorde avant que nous allions plus loin. Gaïus qui s'était rendu attentif aux murmures de sa voix, lui dit : très volontiers, mon enfant.

Ainsi, ils demeurèrent là pendant plus d'un mois, et Matthieu épousa Miséricorde.

Pendant leur séjour dans cette maison, Miséricorde s'occupa, selon sa coutume, à faire des habillements pour les pauvres, et par ce moyen elle attira une bonne renommée aux gens de sa profession.

Mais revenons à notre histoire. Après le souper, les plus jeunes voulurent aller au lit, car ils étaient fatigués du voyage. En conséquence, Gaïus appela l'un des serviteurs pour les conduire dans leurs chambres. C'était aussi le désir de Miséricorde qu'ils allassent se coucher de suite. Elle les y envoya donc, et ils ne tardèrent pas à dormir d'un profond sommeil, tandis que les autres veillèrent toute la nuit. Gaïus était pour les pèlerins une source de jouissances, et ils étaient pour lui une société si agréable qu'ils ne savaient comment s'y prendre pour se séparer. Ils s'étaient déjà longuement entretenus de leur Maître, d'eux-mêmes et de leur voyage, lorsque l'honorable M. Franc (celui qui avait proposé l'énigme à Gaïus) commença à baisser la tête. Grand-Cœur s'en étant aperçu, lui cria : Eh quoi ! Monsieur, vous commencez à vous assoupir ? Allons, secouez-vous ; voici une question à résoudre. – Là-dessus, le vieillard l'invita à la lui proposer, ce qu'il fit en disant :

Il faut que celui qui veut vaincre, soit le premier vaincu ;
Qui veut sauver les autres, sache d'abord qu'il est lui-même perdu.

– Ah ! s'écria M. Franc, elle est bien dure celle-ci. – C'est une sentence difficile à expliquer, et plus difficile encore à mettre en pratique. Mais, tenez, mon hôte, je vous laisse le soin de résoudre la difficulté, si vous le voulez bien. Expliquez du mieux que vous pourrez ; je vous écoute.

– Non pas, dit Gaïus ; c'est à vous que la question a été posée, et il est assez naturel que vous y répondiez vous-même. – Sur cela, le vieillard s'exprima ainsi :

« Celui qui veut remporter la victoire sur le péché, doit être le premier vaincu par la Grâce. »

« Nul ne peut me persuader qu'il a la vie, s'il ne meurt d'abord à lui-même. »

– C'est juste, répliqua Gaïus ; les bons principes et l'expérience nous enseignent cela. L'homme est absolument dépourvu de toute force, de tout courage, pour résister au péché, jusqu'à ce que la grâce de Dieu se déploie en lui pour subjuguer son cœur avec sa vaine gloire. D'ailleurs, le péché étant le moyen par lequel Satan a enchaîné l'homme, comment celui-ci pourrait-il bien opposer une sérieuse résistance, s'il n'est auparavant délivré de cette infirmité ? Quiconque sait entendre raison, ou possède le sentiment de la grâce, ne croira jamais qu'un tel individu, qui est esclave de sa propre corruption, puisse être en même temps un monument de la grâce de Dieu. Il me souvient, à propos de cela, d'une histoire que je crois digne de votre attention, et que je vais vous raconter.

Deux hommes s'en allèrent en pèlerinage. L'un était encore jeune lorsqu'il entra dans cette carrière, l'autre était très avancé en âge. Le plus jeune avait à lutter contre des habitudes vicieuses qui étaient chez lui profondément enracinées, tandis que l'autre était simplement affaibli par les infirmités de la vieillesse. Or, celui dont les misères pesaient lourdement sur sa conscience, marchait d'un pas aussi allongé et aussi leste que le vieillard qui ployait seulement sous le poids des années. Maintenant, quel est celui des deux qui montra le plus de grâce, puisque, selon les apparences, ils marchaient de front ?

Franc : – C'est le jeune homme, sans contredit ; car c'est toujours celui qui tient tête à la plus vive opposition qui donne la meilleure démonstration de sa force, surtout quand il s'agit de marcher à la hauteur d'un autre qui ne rencontre pas de moitié la même puissance d'opposition, comme cela est évidemment le cas du vieillard. Au surplus, j'ai remarqué que les anciens se félicitent de ce qui n'est souvent qu'une illusion, c'est-à-dire, qu'ils prennent bénignement le déclin de la nature pour une conquête sur leurs mauvais penchants, et c'est en cela qu'ils se trompent. Il est vrai que les personnes âgées qui ont du véritable bon sens, sont plus capables de donner des conseils aux jeunes, parce que beaucoup mieux que d'autres elles ont pu voir le vide des choses humaines. Mais, lorsque deux hommes, l'un jeune et l'autre vieux, débutent ensemble, il arrive ordinairement que le plus jeune a l'avantage de découvrir l'œuvre qui, s'opère au dedans de lui, tandis que son compagnon ne peut voir que très imparfaitement ce triomphe de la grâce, parce que les éléments de corruption sont déjà affaiblis en lui par le dépérissement de son corps.

C'est ainsi qu'ils s'entretinrent jusque bien avant dans la nuit. Puis, quand la famille fut de nouveau réunie, dès le matin, Christiana invita son fils Jacques à lire un chapitre. Celui-ci ouvrit le livre, au cinquante-troisième chapitre d'Ésaïe. Dès que la lecture en fut achevée, M. Franc demanda pourquoi le Sauveur était comparé dans ce chapitre à *une racine sortant d'une terre altérée*, et aussi, pourquoi il n'y avait en lui *ni forme ni apparence*.

Grand-Cœur : – J'ai à répondre sur le premier point que la nation juive, de laquelle est sorti le Sauveur, avait entièrement perdu et la sève et l'esprit de la religion, à l'époque où ces choses durent s'accomplir. Quant au second point, je ferai d'abord remarquer que les paroles dont se sert ici le Saint-Esprit furent, plus tard, dans la bouche des gens inconvertis qui, n'ayant pas l'œil de la foi pour pénétrer dans le cœur de notre Prince, ne le jugeaient que par la simplicité de sa condition extérieure. Il en est d'eux comme de ces hommes qui ne savent pas que les pierres précieuses sont couvertes d'une couche d'argile, et que, lorsqu'ils en ont trouvé une, la jettent au loin comme quelque chose de très ordinaire sans chercher à en connaître le prix.

Eh bien ! dit Gaïus, maintenant que nous sommes tous ici, et puisque M. Grand-Cœur a toujours de quoi se défendre, ainsi que je m'en aperçois, nous irons, si vous le voulez, faire un tour dans les champs après nous être rafraîchis, afin de voir si nous pourrons faire quelque bien. A la distance d'environ un mille d'ici il y a un certain Ennemi-du-Bien, géant qui nous ennuie beaucoup ; il se tient sur le grand chemin du Roi, et je sais où est son gîte. C'est le chef d'une bande de voleurs ; or, ce serait une bonne chose si l'on parvenait à le chasser de ces quartiers.

Ils y consentirent volontiers et partirent sur-le-champ, ayant pris les uns des lances et les autres des bâtons, et M. Grand-Cœur, son épée, son casque et son bouclier.

Lorsqu'ils furent arrivés au lieu même qui était fréquenté par Ennemi-du-Bien, ils le trouvèrent avec un nommé Esprit-abattu qui venait justement de tomber en son pouvoir. Il paraît que ses employés le lui avaient amené après l'avoir arrêté sur le chemin. Ils virent ensuite que le géant cherchait à dépouiller sa victime, avec l'intention bien arrêtée de la dévorer jusqu'aux os, car il est d'une nature carnassière.

Mais aussitôt qu'il vit se présenter à l'entrée de sa caverne M. Grand-Cœur et ses amis, les armes à la main, il leur demanda ce qu'ils voulaient.

Grand-Cœur : – C'est toi que nous voulons ; car si nous sommes venus ici, c'est d'abord pour demander raison de ta conduite envers les pèlerins que tu as maltraités ou tués après les avoir détournés du grand chemin royal ; il faut, par conséquent, que tu sortes de ton repaire. – Là-dessus le géant sort de la caverne après s'être saisi de son armure. Un combat s'étant dès lors engagé, les deux partis luttèrent pendant plus d'une heure, jusqu'à ce qu'ils furent obligés de se retirer, chacun de son côté, pour reprendre haleine.

– Pourquoi, dit le géant, êtes-vous venus m'attaquer sur mon propre terrain ?

Grand-Cœur : – C'est pour venger le sang des pèlerins, ainsi que je te l'ai déjà déclaré. Les combattants se trouvèrent donc de nouveau en présence. Le géant parvint d'abord à faire reculer Grand-Cœur ; mais celui-ci, sans perdre de temps, reprend sa position et se jette sur lui avec toute la force de son génie. L'attaque fut vigoureuse et décida du sort de l'Ennemi-du-Bien. Frappé à la tête et dans les flancs, le géant fut bientôt désarmé ; il succomba sous les coups de Grand-Cœur qui lui trancha la tête.

Grand-Cœur apporta ensuite son trophée à l'auberge. Il prit aussi avec lui Esprit-abattu, le pèlerin qu'il venait de délivrer, et l'emmena dans son logis. Lorsqu'ils furent de retour chez eux, nos pèlerins montrèrent la tête du coupable à tous les habitants de la maison, et la mirent sur une perche comme ils avaient fait des autres, pour inspirer la terreur à tous ceux qui désormais voudraient tenir une pareille conduite.

Puis on demanda à l'Esprit-abattu comment il lui était arrivé de tomber entre les mains de l'ennemi. – Ah ! répondit le pauvre homme, je suis d'un faible tempérament, tel que vous me voyez ; et, comme la mort avait autrefois l'habitude de venir chaque jour frapper à ma porte, je disais en moi-même : « cela n'ira jamais bien chez toi. » Je résolus donc de me mettre en voyage pour la bienheureuse éternité. J'ai pu arriver jusqu'ici depuis la ville de l'Incertitude qui est mon lieu de naissance ; c'est de là aussi que mon père est sorti. J'ai un corps débile, et mon esprit se trouve pareillement dans un état de grande faiblesse ; mais, quoique je ne puisse aller qu'en me traînant, je voudrais passer ma vie en pèlerinage si cela était possible. Lorsque je suis arrivé à la grille qui se trouve à l'entrée du chemin, le maître de ce lieu a bien voulu me loger gratuitement. Quoique je fusse de chétive apparence, il n'a pas moins été bienveillant à mon égard ; il ne s'est pas laissé rebuter non plus par l'infirmité de mon esprit. Il m'a même fourni les choses les plus nécessaires pour le voyage, et m'a encouragé à avoir une bonne espérance jusqu'à la fin. A la maison de l'Interprète, j'ai été également reçu avec une extrême bonté. Là, on jugea que le coteau des Difficultés était trop pénible pour moi ; je fus pourvu, en conséquence, d'un serviteur qui voulut bien me porter au travers de ces lieux escarpés. Je dois dire aussi que ce qui fut un grand soulagement pour mon cœur, c'est la bonne rencontre que je fis de plusieurs pèlerins. Il est vrai qu'aucun d'eux n'était disposé à marcher aussi lentement que moi ; mais, tandis qu'ils poursuivaient leur chemin, ils m'exhortaient à prendre courage en disant que c'était selon la volonté de leur Maître de « soulager les faibles et de consoler l'Esprit-abattu. » [1Thess.5.14] Telle était leur maxime ; et, telle aussi était leur pratique, ce qui ne les empêchait nullement d'aller d'un bon pas. Arrivé au passage étroit de l'Assaut, je fus accosté par cet Ennemi-du-Bien qui me dit de me préparer à soutenir l'attaque. Mais, hélas ! faible comme j'étais, j'avais plutôt besoin d'un fortifiant. Il se jeta tout d'un coup sur moi, et me fit prisonnier. Je cherchai cependant à me persuader qu'il n'avait pas l'intention de me tuer ; et quand il m'eut amené dans son gîte, je conclus, de ce que je n'étais pas disposé à le suivre que j'en sortirais tout de même vivant. Car j'ai entendu dire que, suivant les lois de la Providence, il suffit qu'un pèlerin n'ait pas le cœur partagé, c'est-à-dire qu'il se porte tout entier vers son Maître, pour qu'il ne périsse pas entre les mains de l'ennemi. Quoi qu'il en soit, je m'attendais à être volé, et je ne laisse pas que d'être victime de ses exploits ; mais, heureusement que ma vie lui a échappé, ce dont je rends grâces à mon Roi qui est l'auteur de cette délivrance. Je vous dois, de même, des remerciements de ce que vous êtes venu à mon secours. Je m'attends à de nouveaux échecs ; mais voici ce que j'ai résolu de faire : c'est de courir, si je le puis, de marcher lorsque je ne pourrai pas courir, et de me traîner quand je ne pourrai pas marcher. Pour ce qui est de la chose essentielle, béni soit Celui qui m'a aimé ! je suis fixé à cet égard : le chemin est parfaitement ouvert devant moi, et mon cœur se porte au delà du fleuve qui n'a pas de pont, quoique je sois, vous pouvez en juger, d'une faible constitution.

Franc : – Est-ce que M. Je-Crains, ne serait pas une de vos anciennes connaissances ?

Esprit-abattu : – Mais oui ! J'ai même eu avec lui des relations très étroites. Il venait d'une ville nommée Insensibilité, qui est située au nord, à quelques lieues de la ville de Perdition, et séparée de mon pays natal par une égale distance. Nous nous sommes parfaitement bien connus, et vous comprendrez quels purent être mes rapports avec lui, si je vous dis qu'il était le frère de mon père. Nous avions à peu près le même caractère ; il se trouvait un peu plus court de taille, mais c'était toujours le même tempérament.

Franc : – Je vois bien que vous l'avez connu, et je suis aussi porté à croire que vous êtes son allié. Vous avez avec lui beaucoup de ressemblance : vos yeux ne brillent guère plus que les siens, et vos discours reviennent presque au même.

Esprit-abattu : – La plupart de ceux qui nous connaissent, en jugent ainsi ; d'ailleurs, ce que je sais de son histoire s'est réalisé, en grande partie, dans la mienne.

– Eh bien ! Monsieur, dit le bon Gaïus, prenez courage ; vous êtes le bienvenu chez moi et auprès des miens. Demande seulement en toute liberté ce que tu souhaites en ton cœur ; je puis te dire, en outre, que mes serviteurs agiront toujours « par un principe d'affection » dans les choses que tu désires qu'ils fassent pour toi.

– Voici un bienfait inattendu, reprit alors Esprit-abattu ; c'est comme un rayon de soleil qui perce à travers un épais nuage. Était-ce dans l'intention du géant Ennemi-du-Bien que je fusse traité de la sorte, lorsqu'il vint me surprendre et qu'il résolut de mettre une barrière à mon passage ? Pensait-il réellement, quand il mit ses mains dans mes poches pour prendre tout mon argent, que je serais un jour aux soins de « Gaïus mon hôte ? » C'est pourtant ce qui est arrivé.

C'est ainsi que l'Esprit-abattu s'entretenait avec Gaïus, quand tout à coup, on entendit frapper à la porte. C'était quelqu'un qui arrivait en toute hâte apportant la nouvelle qu'un nommé Obliquité venait d'être frappé d'un coup de foudre, et qu'il était resté mort sur place.

– Hélas ! s'écria l'Esprit-abattu, est-il donc mort ? il n'y a encore que quelques jours qu'il lui prit envie de courir après moi, et que m'ayant atteint sur un point de la route, il aurait voulu me tenir compagnie. Il était même avec moi au moment où je tombai au pouvoir du géant Ennemi-du-Bien. Comme il avait les pieds légers à la course, il put échapper ; mais il paraît qu'il échappa pour mourir, tandis que je fus pris pour vivre.

23

MATTHIEU ET JACQUES SE MARIENT

Témoignage rendu à Gaïus. – Le départ. – L'Esprit-abattu s'excuse. Il va de compagnie avec le Clocheur. – Entretiens.

Vers ce temps-là, Matthieu et Miséricorde furent unis ensemble, et Gaïus donna sa fille Phœbé en mariage à Jacques, le frère de Matthieu. A partir de cette époque nos pèlerins passèrent encore une dizaine de jours dans cette maison hospitalière, employant leur temps et leur vie suivant les usages qui y sont observés.

Lorsqu'il fut question de s'apprêter pour le départ, Gaïus voulut leur faire un festin. Ils mangèrent donc, et firent bonne chère. Enfin, le moment de partir étant venu, Grand-Cœur parla de régler son compte avec Gaïus, sur quoi celui-ci lui fit remarquer que dans sa maison ce n'est pas de règle de faire payer les voyageurs pour leur entretien. Il pouvait les loger pendant toute l'année sans rien exiger d'eux, attendu que le bon Samaritain s'était obligé de payer leur pension quand il les lui recommanda en disant : « Aie soin de lui ; et tout ce que tu dépenseras de plus, je te le rendrai à mon retour. » Luc.10.34-35. Sur cela, Grand-Cœur lui parla en ces termes :

« Bien-aimé, tu agis fidèlement en tout ce que tu fais envers les frères et envers les étrangers qui, en la présence de l'Église, ont rendu témoignage à ta charité, et tu feras bien de les accompagner dignement, comme il est séant selon Dieu. » 3Jean.1.5-6

Gaïus prit donc congé de ses amis, de ses enfants, et en particulier de l'Esprit-abattu auquel il donna un flacon d'une certaine liqueur qu'il devait prendre en chemin.

Ils avaient à peine franchi le seuil de la porte que l'Esprit-abattu commença par ralentir le pas, ce dont Grand-Cœur s'étant aperçu, il lui dit : Allons, mon cher ami, tâchez d'aller avec nous ; je vous prendrai sous ma conduite spéciale, et vous parviendrez au but comme les autres.

Esprit-abattu : – Ah ! il me faut des compagnons mieux assortis ; vous êtes tous forts et agiles, tandis que je suis faible, ce que vous n'ignorez pas. C'est pourquoi je préfère rester derrière, de peur que je ne sois à charge à moi-même et à vous, à cause de mes nombreuses infirmités. Ainsi que je vous l'ai dit, je suis un homme faible et d'un esprit abattu ; il m'arrive trop souvent de me fâcher ou de me scandaliser d'une chose que les autres peuvent facilement supporter. Je n'aime pas la gaieté ; je déteste les habits somptueux, je ne puis me plaire dans les questions folles. Vraiment, je suis tellement faible que je m'offense de beaucoup de choses que d'autres ont la liberté de faire. Je connais seulement une partie de la vérité, et ne suis qu'un chrétien très ignorant. S'il m'arrive quelquefois d'entendre dire que quelqu'un se réjouit dans le Seigneur, j'en suis presque contrarié parce que je ne puis faire de même. Vous diriez, à me voir, que je suis un homme poitrinaire à côté des gens robustes ; ou bien, il en est de moi comme d'une lampe qui s'éteint. « Celui dont les pieds sont tout prêts à glisser, est, selon la pensée de celui qui est à son aise, un flambeau dont on ne tient plus de compte. » [Job.12.5] en sorte que je ne sais trop que faire.

Grand-Cœur : – Mais, frère, j'ai pour mission de consoler ceux qui ont l'esprit abattu, et de supporter les faibles. Vous ne devez pas hésiter à faire partie de notre société ; nous voulons bien vous attendre ; nous sommes disposés à vous tendre la main, et à faire même quelques concessions, soit quant à nos théories, soit quant à la pratique de nos œuvres, si cela est pour votre bien. Nous éviterons en votre présence « les vaines disputes de mots » ; nous nous ferons toutes choses à vous plutôt que de vous laisser en arrière. [Rom.14.1 ; 1Cor.8.1 ; 9.22]

Tout ceci se passait alors qu'ils étaient encore devant la porte de Gaïus, et voici qu'au moment où ils sont le plus animés dans la conversation, arrive un certain M. Clocheur tenant des béquilles entre ses mains. Lui aussi allait en pèlerinage. [Psa.38.17] L'Esprit-abattu fut le premier qui lui adressa la parole :

– Comment es-tu venu jusqu'ici, lui dit-il ? J'étais justement à regretter l'absence d'un camarade qui pût me convenir ; mais tu es bien l'homme de mon choix. Sois donc le bienvenu, mon brave Clocheur ! j'espère que nous nous soutiendrons mutuellement.

Clocheur : – Je suis fort aise d'avoir ta compagnie, et puisque nous sommes en si bonne rencontre, je te prêterai une de mes béquilles plutôt que de nous séparer.

Esprit-abattu : – Je te suis obligé pour ta bonne intention ; mais il sera toujours temps de clocher quand je serai boiteux ; je ne suis pas du tout disposé à cela. Quoi qu'il en soit, je puis m'en servir à l'occasion contre quelque chien.

Clocheur : – Si moi ou mes béquilles pouvons te rendre quelque service, sache toujours que nous sommes à ta disposition.

C'est ainsi que, chemin faisant, ils discouraient entre eux. M. Grand-Cœur et M. Franc marchaient devant, Christiana et ses enfants venaient après, mais l'Esprit-abattu et le Clocheur étaient les derniers. – Puisque nous sommes maintenant en route, dit M. Franc à son voisin, entretenez-nous, s'il vous plaît, de quelque sujet utile. Parlez-nous, par exemple, de ceux qui nous ont précédé dans la carrière de pèlerin.

Grand-Cœur : – Très volontiers. Je suppose que vous savez déjà combien Chrétien eut à lutter jadis contre Apollyon dans la vallée d'Humiliation, et quelles épreuves il eut encore à supporter en traversant la vallée de l'Ombre-de-la-mort. Vous avez sans doute appris aussi de quelle manière Fidèle repoussa les insinuations de madame Volupté, du Premier Adam, d'un certain Mécontent et de la Honte, qui sont les plus grands fripons qu'il soit possible d'imaginer.

Franc : – Je crois en effet avoir entendu raconter l'histoire de tous ces personnages. En tout cas, je sais fort bien que le brave Fidèle eut à soutenir une lutte terrible avec le sieur la Honte, qui se montra d'une persistance opiniâtre.

Grand-Cœur : – Certes, comme le dit fort bien le pèlerin lui-même, cet homme était tout autre chose que ce que son nom le fait supposer.

Franc : – Mais, Monsieur, dites-moi donc en quel endroit Chrétien et Fidèle firent la rencontre de Beau-Parleur ? C'était encore un personnage assez notable.

Grand-Cœur : – Ah ! l'insensé, il parlait et agissait comme un homme qui est plein de lui-même ; malgré cela, il y en a plusieurs qui suivent son exemple.

Franc : – Il s'en est peu fallu qu'il n'ait séduit Fidèle.

Grand-Cœur : – Oui ; mais Chrétien enseigna à ce dernier un moyen infaillible pour éprouver ce qu'il était.

Les pèlerins continuant leur route, arrivèrent jusqu'au lieu où l'Évangéliste était venu à la rencontre de Chrétien et de Fidèle, alors qu'il leur prophétisa ce qui devait leur arriver à la Foire-de-la-Vanité. C'est par ici, dit le guide, que l'Évangéliste s'étant mis en rapport avec Chrétien et Fidèle, leur prédit en même temps les afflictions par lesquelles ils auraient à passer.

Franc : – Vraiment ? J'avoue que c'était leur lire là un chapitre difficile à digérer.

Grand-Cœur : – En effet ; mais il leur donna aussi des encouragements. Mais nous convient-il de parler d'eux. Ces hommes-là avaient le courage et l'intrépidité du lion ; ils avaient rendu leur visage semblable à un caillou. ^{Esaïe.50.7} Vous souvenez-vous de l'attitude imposante qu'ils prirent devant leurs juges, et comment ils se montrèrent invincibles ?

Franc : – Oui ; Fidèle a souffert en véritable héros.

Grand-Cœur : – C'est un fait, et ce qui en est résulté n'est pas moins glorieux ; car l'Espérant et quelques autres furent convertis par le moyen de sa mort, comme l'histoire l'atteste.

Franc : – Excellent ! mais, continuez, je vous prie, puisque vous avez une parfaite connaissance des choses.

Grand-Cœur : – Parmi ceux que Chrétien rencontra après avoir traversé la Foire-de-la-Vanité, on distinguait surtout un nommé Détour, qui passe pour avoir été un homme très remarquable.

Franc : – Détour !... qu'était-il ?

Grand-Cœur : – C'était un homme rusé s'il en fut jamais, un franc hypocrite qui affectait des sentiments religieux, tandis qu'il se disait l'ami de tout le monde. Il était si adroit dans ses calculs qu'il pouvait toujours être certain de ne rien perdre ni rien souffrir pour sa profession. Il savait modifier sa religion pour chaque circonstance, et sa femme était tout aussi habile que lui dans ce métier. C'était pour lui chose facile que de passer d'une opinion à une autre, et il aurait même avancé des raisons pour justifier cette méthode, mais, pour autant que j'ai pu le comprendre, avec tous ses subterfuges, il n'en a pas moins eu une triste fin, et je ne sache pas que sa postérité ait jamais été en bonne réputation parmi ceux qui craignent Dieu.

24

LA FOIRE-DE-LA-VANITÉ

Les pèlerins logent chez Mnason. Ils entrent en communication avec les amis de la maison. – Souvenirs.

Nous voici maintenant arrivés en vue de la ville où se tenait la Foire-de-la-Vanité. Lors donc que nos pèlerins se virent si rapprochés du lieu, ils entrèrent en délibération pour savoir comment ils devaient s'y prendre pour traverser la ville. Là dessus, les uns donnèrent leur avis dans un sens, les autres le donnèrent dans un sens différent.

– Eh bien ! dit enfin M. Grand-Cœur, j'ai fait souvent la conduite des pèlerins au milieu de cette ville, comme vous pouvez vous en convaincre. Je suis en relation avec un nommé Mnason, Cyprien de naissance et ancien disciple, chez lequel nous pouvons aller loger. Si donc vous le jugez à propos, nous nous arrêterons là.

– Nous le voulons bien, répondirent chacun de son côté les pèlerins. Ainsi, ils étaient tous de même avis sur ce point. Il faut vous dire que c'était à la chute du jour qu'ils arrivèrent aux portes de la ville ; mais M. Grand-Cœur connaissait parfaitement le chemin qui devait les conduire à la maison de leur ancien ami. Ils y arrivèrent donc sans difficulté. Ici, le guide appelle le chef de la maison qui, l'ayant reconnu à l'accent de sa voix, vint aussitôt lui ouvrir et les fit tous entrer. Après cela, il leur demanda quelle distance ils avaient parcourue pendant cette journée. Ils lui répondirent : Nous sommes venus aujourd'hui depuis la maison de notre ami Gaïus. – Holà ! dit-il, vous avez fait une bonne tirée. A ce compte, vous devez être bien fatigués. Sur cela, il les pria de s'asseoir, ce qu'ils firent.

– Eh bien ! mes bons Messieurs, dit alors le guide en se tournant vers ses compagnons, n'est-ce pas ici un lieu charmant ? Je puis vous assurer que vous serez très bien chez mon ami.

Mnason : – Sur ma parole, vous pouvez être assurés que vous êtes les bienvenus dans ma maison. Vous avez sans doute besoin de prendre quelque chose ; parlez seulement et nous ferons tout notre possible pour bien vous servir.

Franc : – Ce que nous avions de plus pressant tout à l'heure, c'était de trouver un asile et une bonne société. Mais, dès à présent, je crois pouvoir dire, à l'égard du premier point, que notre désir est satisfait.

Mnason : – Quant à l'asile, vous voyez ce qu'il en est ; mais pour ce qui est de la bonne société, l'épreuve que vous en ferez le démontrera.

– C'est bon, dit Grand-Cœur ; voudriez-vous mener les pèlerins dans leur appartement. – Je le veux bien, lui répondit Mnason.

Il les mena donc chacun en son lieu respectif. Il leur montra aussi une belle salle à manger où ils devaient prendre un repas ensemble, et s'asseoir jusqu'à l'heure du coucher.

Après avoir pris chacun sa place et s'être reposés un peu du voyage, ils demandèrent à leur hôte, par l'organe du père Franc, s'il y avait dans la ville beaucoup d'honnêtes gens.

Mnason : – Nous en avons quelques-uns ; ils sont à la vérité en bien petit nombre comparativement à ceux qui leur sont opposés.

Franc : – Mais, ne pourrions-nous pas en voir quelques-uns ? car, la vue de telles personnes est pour les pèlerins, ce que sont la lune et les étoiles à ceux qui naviguent sur les grandes eaux.

Là-dessus, Mnason se mit à frapper du pied sur le plancher, et aussitôt parut sa fille, Grâce, qu'il chargea d'aller annoncer à quelques-uns de ses amis la venue des étrangers. – Grâce, lui dit-il, va prévenir Contrit, Sans-Reproche, Amour-fraternel, Ne-Ment-point et le Repentant, et leur dire que j'ai ici une ou deux de mes connaissances qui désireraient passer la soirée avec eux. La jeune fille fit la commission, et les amis arrivèrent. Après s'être salués réciproquement, ils vinrent tous s'asseoir autour de la table.

–Mes voisins, dit alors Mnason, j'ai eu, comme vous le voyez, la visite de ces étrangers. C'est une troupe de pèlerins ; ils viennent de loin et s'en vont à la Montagne de Sion. Mais qui pensez-vous, dit-il en montrant Christiana, est cette personne ? C'est Christiana, la femme de Chrétien, ce fameux pèlerin qui, de même que Fidèle, son frère, fut si cruellement persécuté dans notre ville. – A ces mots, ils se levèrent tout étonnés et dirent : Lorsque Grâce est venue nous appeler, nous étions bien loin de penser que nous verrions aujourd'hui Christiana ; c'est donc une bien grande et agréable surprise que vous nous causez. Se tournant ensuite vers Christiana, ils l'interrogèrent sur ses vrais intérêts, et lui demandèrent si les jeunes gens qui l'accompagnaient étaient ses fils. Sur sa réponse affirmative, ils continuèrent à lui parler ainsi : Que le Roi, que vous aimez et servez, vous rende comme celui qui vous a précédés et vous conduise en paix là où il est lui-même arrivé !

Ensuite chacun se rassit, et M. Franc, s'adressant plus particulièrement à M. Contrit, s'informa de l'état actuel des choses dans la ville.

Contrit : – Je puis vous assurer qu'on y vit au milieu de beaucoup d'agitation, et qu'on y est pressé de tous côtés à cause de la foire qui va grand train. Ce n'est pas chose facile que de garder son cœur et son esprit dans un bon état, quand on est au milieu d'un pareil encombrement. Celui qui habite un endroit comme celui-ci, et qui est obligé d'avoir affaire avec les gens qui y trafiquent, a bien besoin de quelque chose pour l'avertir et le mettre en garde contre tant de pièges qui lui sont tendus, à tout instant du jour.

Franc : – Mais où en sont maintenant vos voisins sous le rapport de la tranquillité ?

Contrit : – Ils sont beaucoup plus paisibles aujourd'hui qu'autrefois. Vous savez comment Chrétien et Fidèle furent traités de leur temps, ainsi que je viens de vous le dire ; mais, je le répète, les adversaires sont aujourd'hui beaucoup plus modérés. Il me semble que le sang de Fidèle a toujours été depuis lors comme un poids sur leur conscience ; de sorte qu'après la mort de ce fidèle martyr ils n'ont plus osé brûler personne. Jadis, nous craignions de nous montrer dans les rues, tandis qu'aujourd'hui nous pouvons y marcher tête levée. La profession de christianisme et tout ce qui en porte le nom, était en ce temps-là une chose odieuse ; maintenant la religion est regardée, surtout dans quelques quartiers, (et vous savez que notre ville est grande) comme quelque chose de très honorable.

Mais, comment vous trouvez-vous de votre pèlerinage ? Comment le monde se montre-t-il disposé à votre égard par ici ?

Franc : – Il nous arrive, ce qui est très commun aux voyageurs : quelquefois notre chemin est bien uni, d'autrefois il est très raboteux ; il nous faut tantôt monter, tantôt descendre. Les temps sont très incertains ; le vent ne souffle pas toujours par derrière, et c'est rare que nous rencontrions un ami en chemin. Nous avons déjà eu bien des difficultés à surmonter, et qui peut dire ce qui nous attend encore ? Ainsi, en plusieurs points nous avons vu s'accomplir cette parole d'un ancien : « Vous aurez de l'angoisse au monde. »

Contrit : – Vous parliez de difficultés : qu'avez-vous donc rencontré ?

Franc : – M. Grand-Cœur, notre guide, peut vous répondre là-dessus mieux qu'aucun d'entre nous. Qu'il veuille donc vous dire ce qui en est.

Grand-Cœur : – Nous avons été assaillis trois ou quatre fois. D'abord, Christiana et ses enfants furent attaqués par deux scélérats qui, si nos craintes sont fondées, avaient l'intention de leur ôter la vie. Nous eûmes à nous défendre contre les attaques de l'homme Sanguinaire, du géant Destructeur et de l'Ennemi-du-Bien. Pour être juste cependant, je dois dire, à l'égard de ce dernier, qu'il a été attaqué par nous plutôt que nous ne l'avons été par lui. Voici du reste comment la chose est arrivée.

Nous avions déjà passé quelque temps chez « Gaïus, mon hôte et celui de toute l'Église, » lorsque nous résolûmes d'aller combattre contre quelques-uns de ceux qui sont reconnus pour être ennemis déclarés des pèlerins ; car nous avions ouï dire que l'un des plus redoutables rôdait par là. Ayant donc pris nos armes, nous essayâmes de le chasser. Gaïus était censé connaître son gîte, mieux que moi parce qu'il demeure dans ces parages. Nous nous mîmes à chercher et à fouiller partout jusqu'à ce que nous eûmes découvert l'entrée de sa caverne. Pour lors, nous fûmes contents, et nos esprits se fortifièrent. Nous étant ensuite approchés de son gîte, nous trouvâmes là le pauvre Esprit-abattu qu'il avait entraîné par force, et qu'il était sur le point de faire périr. Mais aussitôt que ce monstre nous eut aperçus, il laissa là sa proie pour courir sur quelque autre victime, si toutefois il en avait une autre en vue comme nous l'avions d'abord supposé. C'est alors que nous nous précipitâmes sur lui, et lui appliquâmes quelques coups vigoureux ; il finit par être terrassé et par avoir la tête tranchée. Nous l'exposâmes ensuite sur le bord du chemin, afin qu'il servît d'exemple à tous les malheureux qui voudraient plus tard pratiquer une semblable impiété. L'homme que voici peut vous dire si c'est la vérité ; car, de même qu'un agneau que l'on aurait arraché à la gueule du lion, il a été délivré de ce terrible adversaire.

Esprit-abattu : – C'est bien exactement ce qui a eu lieu, et cela, à mes dépens aussi bien que pour ma consolation : à mes dépens, en ce que je me suis vu dépouillé et menacé d'être rongé jusqu'aux os ; et pour ma consolation, parce que j'ai vu venir, les armes à la main, M. Grand-Cœur et ses amis pour me prêter assistance.

Sans-reproche : – Ceux qui vont en pèlerinage ont besoin de deux choses : du courage et une vie sans reproche. S'ils viennent à manquer de courage, il ne leur sera guère possible de persévérer dans le chemin, et s'ils sont relâchés dans leur vie, il arrivera que le nom de pèlerin sera en mauvaise odeur à cause d'eux.

Amour-fraternel : – J'espère bien que vous n'aurez pas besoin de cet avertissement ; mais il est vrai de dire, cependant, que vous rencontrez souvent en chemin des gens qui montrent par leur conduite qu'ils sont plutôt étrangers aux pèlerins qu'ils ne sont étrangers et voyageurs sur la terre.

Ne-ment-point : – Il est certain qu'ils n'ont ni la livrée ni le courage du pèlerin. Ils ne marchent pas droit, mais leurs pieds vont tout de travers ; ils ont un soulier qui penche en dedans, et l'autre en dehors, et montrent des talons tout en désordre ; ici un lambeau, là une déchirure, et tout cela au déshonneur de leur Maître.

Repentant : – Ils devraient au moins s'affliger de toutes ces choses, et c'est ici une qualité qu'ils ne peuvent réellement posséder qu'à la condition de se corriger de leurs défauts, de même qu'ils ne peuvent espérer de faire des progrès dans la vie spirituelle tant qu'ils ne redresseront pas ce qui est tortu, ou qu'ils laisseront subsister de tels obstacles sur leur chemin.

C'est ainsi que, loin des distractions, ils étaient à s'entretenir, jusqu'à ce qu'enfin le moment arriva où il fallut se mettre à table pour souper. Ils se restaurèrent bien, après quoi ils allèrent reposer leurs corps fatigués.

25

LE MONSTRE

La colline de Cupidité. – Retraite pour les agneaux. – Défaite du géant Désespoir. – Le château du Doute démoli. – Défaillant et Frayeur sont mis en liberté.

Nos pèlerins demeurèrent longtemps dans la foire de la Vanité où ils avaient pris logement chez M. Mnason. Celui-ci donna par la suite ses filles, Grâce et Marthe, en mariage, la première à Samuel, et la seconde à Joseph, les fils de Christiana.

Je disais qu'ils firent là un long séjour, car ce n'était plus alors comme dans les premiers temps. De sorte que les pèlerins profitèrent de ce temps pour se mettre en relation avec un bon nombre d'excellentes gens de la ville au service desquels ils se dévouèrent du mieux qu'ils purent. Miséricorde travaillait toujours pour les pauvres, étant toujours prête à répondre aux besoins qui se manifestaient autour d'elle. C'est pourquoi les pauvres la bénissaient parce qu'ils étaient rassasiés et vêtus. De cette manière, elle rendait honorable sa profession. Pour rendre justice aux autres, je dois dire que Grâce, Phœbé et Marthe avaient toutes d'excellentes qualités, et que chacune remplissait convenablement son rôle. Elles étaient toutes à l'état de fécondité ; en sorte que, comme nous l'avons déjà remarqué, il y avait tout lieu de croire que le nom de Chrétien se perpétuerait dans le monde.

Tandis qu'ils étaient là dans l'attente, l'on vit paraître un monstre sortant des bois, lequel avait déjà fait périr beaucoup de gens de la ville. Cet infâme avait même l'audace d'enlever leurs enfants pour les nourrir ensuite de son lait. Or personne dans la ville n'osait attaquer le monstre ; tous au contraire prenaient la fuite quand ils entendaient seulement le bruit de ses pas. Il n'y avait sur la terre aucune bête qui lui fût semblable ; sa forme était comme celle du dragon ; « il avait sept têtes et dix cornes. » [Apoc.12.3] Il faisait un grand dégât parmi les enfants, et cependant il était gouverné par une femme. [Apoc.17.3] Ce monstre imposait des lois aux hommes, et ceux qui tenaient plus à leur vie qu'au salut de leurs âmes, acceptaient ses conditions.

M. Grand-Cœur, de concert avec ceux qui avaient été appelés chez M. Mnason pour voir les pèlerins, résolut de livrer bataille à la bête. En déclarant la guerre à un serpent si venimeux, leur but était de mettre les habitants de la ville à l'abri de son pouvoir destructeur.

Il fut donc convenu que Grand-Cœur, Contrit, Sans-Reproche, Ne-Ment-point et Repentant iraient l'attaquer sur son propre terrain. Ils prirent leurs armes et le sommèrent de se rendre. Le monstre se montra d'abord très arrogant, et jeta sur ses adversaires un regard profondément dédaigneux ; mais eux, qui étaient des hommes décidés et bien armés, tombèrent brusquement sur lui, et firent si bien qu'il fut forcé de se retirer. Après cela, ils s'en retournèrent à la maison de Mnason.

Il est de fait cependant que le monstre n'en continuait pas moins à faire des sorties. Pour cela, il choisissait ses heures afin de pouvoir plus facilement dérober les enfants de la ville. Mais on voyait aussi aux mêmes heures nos vaillants hommes se tenir aux aguets, et lui livrer de fréquents assauts. C'était à tel point que l'ennemi finit par se trouver non seulement couvert de blessures, mais encore estropié ; en sorte qu'il ne pouvait plus, comme autrefois, commettre ses déprédations parmi les enfants. Suivant l'opinion de quelques-uns, cette vilaine bête serait condamnée à mourir bientôt par suite de ses blessures.

Le succès qu'obtinrent M. Grand-Cœur et ses amis dans ces circonstances, leur a valu une grande réputation ; leur nom est devenu depuis lors célèbre parmi les habitants de la ville, et une assez grande partie de la population témoigne de son estime et de son profond respect pour les personnes de leur caractère, quoique, il ne faut pas se le dissimuler, ils soient encore en très petit nombre ceux qui savent réellement apprécier les bonnes choses. Il s'ensuit que depuis lors, les pèlerins ont été beaucoup moins molestés dans cet endroit. Il y en eut cependant quelques-uns de basse condition qui, ne tenant compte ni de leur valeur, ni de leurs exploits, continuèrent à les mépriser ; le fait est qu'ils étaient aussi aveugles que des taupes, et aussi stupides que des bêtes de somme.

Le temps approchait où nos pèlerins devaient quitter ce lieu et continuer leur voyage. Ils firent donc leurs préparatifs de départ, et voulant avoir une dernière conférence avec leurs amis, ils les envoyèrent chercher. Quelques moments furent ainsi consacrés à des communications fraternelles. Puis, ils se recommandèrent mutuellement à la protection de leur Prince. Il y en eut plusieurs qui, dans cette circonstance, donnèrent aux pèlerins des marques de libéralité en les chargeant de provisions. Chacun se faisait un plaisir d'apporter de chez soi telles choses qui pouvaient convenir aux faibles et aux forts, aux femmes et aux hommes. « Ils leur fournirent donc ce qui leur était nécessaire. » ^(Act.28.10) Ensuite, les voyageurs se mirent en route, et leurs amis les accompagnèrent aussi loin que cela leur parut convenable. Au moment où ils durent se séparer, ils se recommandèrent de nouveau à la protection de leur Souverain.

Notre petite caravane poursuivait tranquillement sa course, ayant l'honorable Grand-Cœur en tête. Les plus jeunes d'entre eux, de même que les femmes, se trouvaient naturellement plus faibles ; mais ils allèrent du mieux qu'ils purent, et c'est probablement parce qu'il en était ainsi que MM. Clocheur et Esprit-abattu sympathisaient davantage avec leur condition.

Ils étaient déjà loin de la ville, et avaient pris congé de leurs amis lorsqu'ils reconnurent le lieu où Fidèle avait été mis à mort ; ils se hâtèrent d'y arriver, et s'étant arrêtés un instant, ils remercièrent Celui qui avait rendu son serviteur capable de porter si courageusement sa croix ; ils purent d'autant mieux le bénir qu'ils savaient apprécier la leçon utile que cet homme venait de leur donner par le souvenir de ses souffrances. Tout en causant entre eux de Chrétien et de Fidèle, ils parcoururent une grande distance. Le sujet dont ils s'occupaient était pour eux d'un haut intérêt. C'est ainsi qu'ils admiraient encore la manière dont l'Espérant s'était lié avec Chrétien après la mort de Fidèle. Étant arrivés au coteau de Cupidité, ils se rappelèrent qu'il y avait une mine d'argent, et que c'était par là que Démas, ayant été séduit, abandonna sa vocation. On dit aussi que Détour est venu s'y heurter et s'y perdre. Ils trouvèrent par conséquent là matière à réfléchir sérieusement. Mais lorsqu'ils furent arrivés à l'ancien monument que l'on rencontre après avoir tourné un peu sur le penchant de la colline, ils aperçurent une statue de sel dressée en vue de Sodome et de ses eaux infectes. Or, ils étaient étonnés, de même que l'avait été Chrétien précédemment, de ce que des hommes d'un si beau talent et d'un jugement si exercé, avaient pu être assez aveugles pour se fourvoyer en cet endroit. Mais ayant bien considéré la chose, ils comprirent que l'homme ne change pas sa nature par les tristes exemples qui lui sont donnés, surtout si l'objet sur lequel se portent ses regards, a quelque chose d'attrayant aux yeux de la chair.

Je les vis poursuivre leur route jusqu'au fleuve qui se trouve en deçà des Aimables-Collines. C'est un fleuve qui voit croître sur ses bords des arbres magnifiques dont les feuilles ont un pouvoir efficace contre les maux d'estomac. [Apoc.22.2-3] L'on remarquait encore dans cette région de belles prairies qui sont verdoyantes en toutes saisons, et où ils pouvaient reposer sûrement. [Psa.23.2]

Dans ces prairies qui bordaient le fleuve, il y avait des cabanes et des parcs pour les brebis, et même une maison bâtie à dessein pour recevoir et entretenir les agneaux, soit les petits nourrissons de ces femmes qui vont en pèlerinage. Là était surtout Celui au soin duquel ils devaient être confiés, Celui qui pouvait compatir à leurs infirmités, qui pouvait assembler les agneaux entre ses bras, les cacher dans son sein, et conduire doucement celles qui allaitent. [Esaïe.11.11 ; 63.14 ; Héb.5.2] Ici, Christiana donna à ses quatre filles le conseil de remettre leurs enfants aux soins de cet homme, afin de n'avoir plus à s'inquiéter de rien dans ces lieux paisibles où ils pouvaient être certainement protégés, secourus et nourris, et où ils n'avaient pas à craindre la disette pour le temps à venir. S'il était arrivé, par exemple, à l'un d'entre eux de s'égarer ou de se perdre, eh bien ! cet homme aurait couru après lui pour le ramener ; il aurait bandé la plaie de celui qui avait la jambe rompue, et aurait fortifié ceux qui étaient malades. [Jér.23.4 ; Ezéch.34.11,16] Là, les pâturages sont toujours abondants, les sources intarissables, et l'on ne manque jamais de vêtements ; là, on est à l'abri des larrons, car celui qui est à la fois maître et gardien, mourrait plutôt que de laisser perdre un seul de ceux qui lui ont été confiés. Du reste, que peut-on penser, sinon qu'ils y sont élevés sous une bonne discipline, et y reçoivent les instructions convenables ; enfin, ils apprennent à marcher dans les droits sentiers, et cela n'est pas une petite faveur. Vous le voyez, il y a dans ces lieux des eaux limpides, une nourriture délicieuse, des fleurs du premier choix, des arbres divers et très productifs, et dont le fruit n'est pas malfaisant comme celui que mangea une fois Matthieu lorsqu'il vint à passer près du jardin de Béelzébul. Les fruits que l'on y recueille sont donc sains et savoureux ; ils peuvent par leur qualité entretenir et fortifier la santé, et la donner même à ceux qui ne l'ont pas.

Sur cela, ils consentirent tous avec plaisir à lui confier leurs enfants ; ils furent d'autant plus encouragés à le faire que tous les embarras, tous les frais d'entretien devaient être à la charge du Roi. Ils étaient même très contents d'avoir trouvé sur leur route une maison réunissant tous les avantages que peut offrir un asile destiné aux enfants et aux orphelins.

A quelque distance du lieu où ils étaient, se trouve un petit sentier de détour qui n'est pas fort éloigné de la lisière que Chrétien traversa avec son compagnon l'Espérant, alors qu'ils furent pris par le géant Désespoir pour être enfermés dans le château du Doute. Quand ils furent arrivés là, ils s'assirent pour entrer en délibération afin de savoir, au juste, ce qu'il y aurait à faire. Considérant que les forces dont ils pouvaient déjà disposer étaient suffisantes, ayant surtout Grand-Cœur à leur tête, ils eurent à se demander si, au lieu de passer outre, ils ne feraient pas mieux de faire la chasse au géant et d'essayer de démolir son château, afin de mettre en liberté les pèlerins qui pouvaient s'y trouver. Ici, chacun avança les arguments qu'il pouvait faire valoir sur cette question. D'après le raisonnement de quelques-uns, c'eût été se mettre en contravention avec les lois que d'aller sur un terrain étranger ; suivant l'opinion de quelques autres, la chose pouvait très bien se faire, pourvu que le but fût bon. Mais Grand-Cœur fit remarquer que, bien que la dernière idée émise ne fût pas vraie dans tous les cas, cependant il n'en avait pas moins reçu l'ordre de résister au péché, de vaincre le mal, de combattre du bon combat de la foi ; et, je vous le demande, dit-il, contre qui aurais-je à soutenir le bon combat de la foi, si ce n'est contre le géant Désespoir ? Je tâcherai donc de lui ôter la vie, et de détruire la forteresse du Doute. Maintenant, qui veut venir avec moi ? – J'irai très volontiers, répondit le bon M. Franc. – Nous irons aussi, répètent tous ensemble les quatre fils de Christiana, car c'étaient des jeunes gens robustes et pleins de bonne volonté.
1Jean.2.13-14

Il fut convenu qu'on laisserait les femmes sur la route, et avec elles l'Esprit-abattu et le Clocheur qui avait encore ses béquilles ; ces derniers devaient prendre soin d'elles jusqu'au retour de leurs compagnons. Il n'y avait en cet endroit aucun danger pour eux, quoique le géant Désespoir eût son gîte non loin de là ; ils n'avaient besoin que de rester simplement sur la route pour qu'un petit enfant pût les conduire. ^{Esaïe.11.6}

Ainsi, M. Grand-Cœur, M. Franc et les quatre jeunes hommes se rendirent tout droit au château du Doute pour débusquer le géant Désespoir. Arrivés sur les lieux, ils commencèrent par faire un grand vacarme, et demandèrent impérieusement l'entrée du château. L'on vit aussitôt accourir le vieux géant, suivi de Défiance sa femme. Qui est-ce qui frappe si rudement à ma porte, dit-il, pour troubler la tranquillité du géant Désespoir ?

– C'est moi ; je me nomme Grand-Cœur, et suis l'un des serviteur du Roi qui conduis des pèlerins vers leur céleste patrie. Je te somme de m'ouvrir les portes, prépare-toi de même pour le combat, car je suis venu pour te trancher la tête, et pour démolir le château du Doute.

Le géant Désespoir s'imaginait que personne ne pouvait le vaincre par la raison qu'il était un géant, et d'ailleurs, se disait-il, puisque j'ai fait autrefois des conquêtes parmi les anges, pourrais-je donc trembler devant M. Grand-Cœur ? C'est ainsi qu'il sortit après s'être bien équipé. Il portait un casque d'airain sur la tête et une cuirasse de fer autour de ses reins ; il avait à ses pieds des souliers de fer, et dans ses mains une lourde massue. Nos six hommes l'ayant d'abord accosté, le serrèrent de près par devant et par derrière. Alors Défiance, la géante, se hâte de venir au secours de son mari qu'elle voit dans une périlleuse situation ; mais elle fut renversée d'un seul coup par le vieux M. Franc. C'était une question de vie ou de mort qui devait se décider dans ce combat. Quoi qu'il en soit, le géant Désespoir fut abattu par terre ; mais sa mort fut très lente. Vous l'auriez vu, dans sa longue agonie, se débattre comme s'il eût eu plusieurs vies à rendre. Grand-Cœur devait lui porter le coup mortel, et il ne le quitta que lorsqu'il eut séparé la tête du tronc.

Ils fondirent ensuite sur le château du Doute, ce qui était facile à faire, attendu que le géant Désespoir n'était plus là pour le défendre. Ils mirent sept jours à le détruire, et y trouvèrent un pèlerin, nommé M. Défaillant, qui était pour ainsi dire à l'agonie, ainsi qu'une dame Frayeur qui lui était alliée. Tous les deux furent sauvés vivants. Mais vous auriez frémi d'horreur à la vue de ces cadavres qui étaient étendus de toutes parts dans la cour du château, de même que les ossements d'hommes dont le cachot était rempli.

Lorsque M. Grand-Cœur et ses compagnons eurent terminé leurs exploits, ils prirent sous leur protection spéciale Défaillant et sa fille

Frayeur qui étaient des honnêtes gens, bien qu'ils eussent été retenus prisonniers dans le château du Doute. Puis, s'étant saisi de la tête du géant (quant à son corps, il avait été enseveli sous un monceau de pierres) ils se mirent à courir et à sautiller sur la route. De retour auprès de leurs amis, ils leur donnèrent aussitôt connaissance de ce qui s'était passé. Esprit-abattu et le Clocheur furent satisfaits de voir la tête du géant dont ils avaient redouté la puissance tyrannique. Ils purent dès lors se réjouir avec allégresse ; mais Christiana donnait la leçon à tous par la manière dont elle faisait éclater sa joie.

Elle aurait, par exemple, joué du violon tandis que Miséricorde pinçait de la harpe. [Exod.15.20] Clocheur lui-même y allait de l'entrain le plus joyeux, « et bondissait comme un cerf. » [Esaïe.35.6 ; Act.3.7] Il est vrai qu'il était obligé de se servir encore d'une béquille ; mais avec cela, je puis vous l'assurer, il ne se tirait pas mal d'affaire. D'ailleurs, la circonstance était bien faite pour « renfoncer les mains lâches et fortifier les genoux tremblants. » Vous auriez vu encore madame Frayeur, la fille de Défaillant, sauter sur la route en observant les tons de la musique, comme si elle eût entendu une voix lui dire : « Prenez courage, et ne craignez plus. » [Esaïe.35.4]

Quant à Défaillant, la musique n'était pas trop de son goût. Il aurait plutôt eu besoin de manger que de danser, car il était affamé. Christiana eut l'obligeance de lui donner de ses provisions pour le soulager momentanément, en attendant qu'il fût en état de prendre une nourriture plus fortifiante. En peu de temps, le pauvre vieillard revint à lui-même, et se sentit bientôt ranimé.

M. Grand-Cœur prit ensuite la tête du géant Désespoir pour l'attacher à une perche sur le bord du grand chemin, à côté d'une colonne que Chrétien avait dressée, et qui devait servir de signal aux pèlerins pour les empêcher d'entrer dans ce lieu de malédiction. Il écrivit en même temps sur une pierre de marbre qui se trouvait au dessus, les paroles suivantes :

C'est ici la tête de celui dont le nom seul faisait trembler jadis les pèlerins. Son château est détruit, et quant à Défiance, sa femme, le brave Grand-Cœur l'a laissée sans vie. Il a aussi bravement combattu en faveur de Défaillant et de Frayeur, sa fille. Celui qui en douterait, n'a qu'à ouvrir les yeux pour s'assurer de la vérité du fait.

26

LA CONDUITE DES BERGERS ENVERS LES FAIBLES

Le Mont des Merveilles. – de l'Innocence. – de la Charité. – L'œuvre de l'Insensé. – Le chemin oblique. – La grâce. – L'ornement des pèlerins.

Après que nos pèlerins eurent ainsi bravement opéré la destruction du château du Doute, et défait le géant Désespoir, ils continuèrent leur marche jusqu'aux Montagnes-Délectables où Chrétien et l'Espérant eurent occasion de goûter et de savourer les différentes productions du pays. Ils y firent la connaissance de quelques Bergers qui les accueillirent très bien, comme ils avaient accueilli précédemment Chrétien lui-même.

Or, les Bergers voyant M. Grand-Cœur avec une si grande troupe à sa suite, (quant à lui, ils le connaissaient très bien) lui parlèrent ainsi : Cher Monsieur, vous nous avez amené ici un bon nombre d'amis, où les avez-vous donc tous trouvés, je vous prie ? A cela Grand-Cœur répond :

> *Voici d'abord Christiana venir,*
> *Et puis arrivent ensuite,*
> *Fils, belles-filles à sa suite*
> *Animés du même désir.*
> *La paix en leur cœur a pris place ;*
> *Le même but conduit leurs pas ;*
> *Ils ont passé des péchés à la grâce :*
> *Dieu ne les abandonne pas.*

> *Vient encore en pèlerinage*
> *Le vieux Franc et puis le Clocheur,*
> *Hommes fermes, pleins de courage.*
> *Eh ! l'Esprit-abattu n'est-il point du voyage ?*
> *Derrière eux Défaillant et sa fille Frayeur*
> *Pour les suivre sont tout en nage.*
> *Nous nous recommandons à votre charité ;*
> *Donnez-nous l'hospitalité.*

C'est ici une agréable société, reprirent les Bergers ; soyez les bienvenus au milieu de nous. Il y a chez nous de quoi contenter les faibles aussi bien que les forts. Notre Prince a l'œil sur tout ce que l'on fait à l'un de ces petits. ^{Matt.25.40} Les infirmités ne doivent conséquemment pas être un obstacle à notre charité. – Sur cela, ils s'avancent vers la porte du palais et continuent ainsi : Entrez, oui, entrez Messieurs l'Esprit-abattu, le Clocheur, le Défaillant, de même que Madame Frayeur. Pour ce qui est de ceux-ci, ajouta l'un des Bergers en se tournant vers le guide, nous avons besoin de les désigner chacun par son nom, vu qu'ils ne sont que trop disposés à se retirer ; ^{Esaïe.43.1} mais quant à vous autres qui êtes forts, il n'est pas nécessaire de vous faire des sollicitations, puisque vous y allez sans gêne comme cela doit se faire.

– Aujourd'hui, repartit M. Grand-Cœur, je vois que la grâce brille sur vos visages, et que vous êtes bien les véritables pasteurs de mon Maître ; car, vous n'avez point poussé les faibles avec le côté ni avec l'épaule, mais vous avez fait en sorte que leur chemin fût plutôt couvert de fleurs. ^{Ezéch.34.21}

C'est ainsi que ceux qui étaient faibles et languissants entrèrent, suivis de M. Grand-Cœur et de tout le reste de la compagnie. Dès que tout le monde fut assis, les Bergers s'occupèrent d'abord de ceux dont le tempérament plus délicat réclamait des soins particuliers. Ils se mirent donc à sonder leurs dispositions en les interrogeant pour savoir ce qu'il faudrait leur servir ; car, se disaient-ils, tout doit se faire ici de manière à ce que les faibles trouvent du support, et les déréglés, des avertissements. On leur prépara en conséquence une nourriture facile à digérer ; elle était à la fois agréable au goût et fortifiante. Après avoir pris leur repas, ils allèrent chercher du repos chacun en son lieu respectif.

Le lendemain, ils prirent dès le matin un rafraîchissement, et se préparèrent pour une excursion à la campagne. Comme ils étaient environnés de hautes montagnes et que le temps était serein ce jour-là, les Bergers voulurent bien les conduire aux champs, selon leur coutume, et leur montrer quelques-unes de ces raretés qui avaient déjà attiré l'attention de Chrétien, le pèlerin, quelque temps auparavant.

Ils se dirigèrent sur plusieurs points. Le premier objet qui s'offrit à leurs regards étonnés, fut le Mont des Merveilles. Ayant cherché de leurs yeux, ils découvrirent au loin un homme dont la parole avait jadis renversé des montagnes. Ici, chacun se demande quel peut être le sens de cette vision. La question est enfin proposée aux Bergers qui s'empressent d'y répondre : Cet homme, leur dirent-ils, est le fils de M. Grande-Grâce dont il est parlé dans la première partie de nos archives (soit « le Voyage de Chrétien ». On le donne pour exemple, afin de montrer aux pèlerins comment, par la foi, ils peuvent rendre le sentier uni, et abattre ainsi les difficultés qui se rencontrent dans le chemin. ^{Marc.11.23-24} – Je le connais bien, repartit M. Grand-Cœur ; c'est un homme placé au dessus de beaucoup d'autres.

Ils furent conduits ensuite dans un autre endroit, appelé la Montagne de l'Innocence. Ici encore, leurs yeux se portèrent tout d'un coup sur un homme vêtu de blanc ; ils virent aussi à côté de lui deux autres personnages, savoir, Préjugé et Mauvais-Vouloir qui lui jetaient sans cesse de la boue. Mais cette boue dont ils cherchaient à le couvrir, était presque, aussitôt effacée, de telle façon que ses vêtements se trouvaient toujours propres.

– Que signifie ceci ? demandèrent les pèlerins.

Bergers : – Cet homme que vous voyez, se nomme Piété, et ses vêtements sont là pour attester l'innocence de sa vie. De sorte que ceux qui s'avisent de jeter sur lui de la boue, prouvent seulement qu'ils haïssent ses bonnes œuvres. Mais comme cela paraît évident, la saleté ne peut s'attacher à ses habits ; il en sera de même de quiconque voudra mener une vie sans reproche au milieu de ce monde. Ceux qui voudraient le couvrir de honte, quels qu'ils soient, peuvent compter de travailler en vain ; car, quant à l'innocent, Dieu ne tardera pas à « manifester sa justice comme la clarté, et son droit comme le midi. » ^{Psa.34.6}

De là, ils se rendirent à la montagne de la Charité où les Bergers leur montrèrent un homme qui tenait devant lui une pièce de drap pliée en rouleau. Cet homme avait l'habitude de prendre sur la pièce de drap de quoi faire des vestes et des habits pour les pauvres qui étaient autour de lui, et néanmoins il lui en restait toujours la même quantité ; car ce qu'il retranchait ne paraissait pas à la pièce. Maintenant, que fallait-il en conclure ? Sur la demande des pèlerins, les Bergers donnèrent l'explication suivante : Vous devez apprendre par là que celui dont le cœur est assez généreux pour partager le fruit de son travail avec les pauvres, ne manquera jamais de rien. « Celui qui arrose, sera lui-même arrosé. » ^(Prov.11.10,16) Le gâteau que la veuve donna au prophète, n'ôta rien de la quantité de farine qu'elle avait dans sa cruche. ^(1Rois.17.10,16)

Ils les menèrent ensuite dans un endroit où ils eurent l'occasion de voir l'Insensé avec un autre individu appelé Maladroit qui, de concert, s'étaient mis à laver un Ethiopien avec l'intention de changer la couleur de sa peau ; mais, plus il frottaient, plus le noir était apparent. Les Bergers étant de nouveau interrogés sur cet étrange procédé, répondirent : C'est le cas de tout homme qui est noirci par le vice : tous les moyens employés dans le but de le justifier, ne tendent qu'a le rendre plus vil encore. On en a vu la preuve dans l'histoire des pharisiens, et il en sera toujours de même de tous les hypocrites.

En ce moment, Miséricorde, la femme de Matthieu, témoigna à sa mère le désir de voir le souterrain de la colline, ou ce qui est communément appelé le Chemin-Oblique qui aboutit à l'enfer. Là-dessus, Christiana porta à la connaissance des Bergers le vœu de sa fille, et ceux-ci n'ayant pas de raison pour se refuser à cette demande, conduisirent Miséricorde jusqu'à la porte qui se trouve sur le penchant de la colline. De plus, ils lui recommandèrent de bien faire attention. Ici, ayant prêté l'oreille, elle entendit quelqu'un s'écrier : Maudit soit mon père qui a retenu mes pieds loin du chemin de la paix et de la vie. Un autre criait de son côté : Oh ! que ne me suis-je laissé couper par morceaux plutôt que de perdre mon âme pour avoir voulu sauver ma vie. Un troisième disait : S'il m'était possible de revenir sur mes pas, oh ! comme je renoncerais à moi-même pour éviter de me trouver en ce triste lieu. Il semblait alors à cette jeune femme que la terre gémissait et tremblait sous ses pieds, tellement la crainte s'était emparée d'elle. Elle devint pâle, et, d'une voix tremblante, elle dit en s'en allant : Heureux celui ou celle qui évitera cet endroit dangereux !

Quand les Bergers leur eurent montré toutes ces choses, ils les ramenèrent dans le palais, et leur servirent de tout ce que la maison pouvait offrir de meilleur. Ici, Miséricorde conçut une sorte de prédilection pour un objet qui avait déjà captivé ses yeux. Comme c'était une femme encore jeune et féconde en bonnes œuvres, il lui arrivait parfois d'avoir des envies ; cependant elle n'osait pas formuler une demande dans la crainte d'exciter trop l'attention de ses voisins. Sa belle-mère, ayant aperçu le malaise qu'elle éprouvait, l'interrogea pour se rendre compte de ses dispositions. Voici quelle fut la réponse :

Miséricorde : – J'ai vu en passant dans la salle à manger, une superbe glace dont je ne puis détacher mon esprit ; or, je crains qu'il ne m'arrive d'avorter, si je ne puis l'avoir en ma possession.

Christiana : – J'exposerai ton désir aux Bergers, et j'ai confiance qu'ils ne te la refuseront pas.

Miséricorde : – Mais, c'est une honte pour moi que ces hommes sachent ce que je souhaite.

Christiana : – Non, ma fille ; ce n'est pas une honte, mais un honneur que de soupirer après une telle chose.

Miséricorde : – Eh bien ! ma mère, demandez aux Bergers, s'il vous plaît, combien ils veulent la vendre.

Il ne faut pas s'étonner si Miséricorde trouva dans cet objet le charme de ses yeux et la joie de son cœur. La glace était unique dans son genre. Placée dans une certaine position, elle vous aurait donné une peinture exacte de l'homme avec tous ses traits naturels, tandis que, tournée dans un autre sens, elle aurait fait voir la parfaite ressemblance du Prince des pèlerins. Certes, j'ai eu occasion de m'entretenir avec ceux qui pouvaient en parler sciemment, et qui m'ont assuré avoir vu le Seigneur avec une couronne d'épines sur sa tête au travers de ce miroir ; ils ont même découvert les marques de ses mains, de ses pieds et de son côté percés. Ce qui fait l'excellence de cette glace, c'est que chacun, en y regardant, peut reconnaître son Souverain, et le voir dans sa vie et dans sa mort ; dans le ciel et sur la terre ; dans son état d'humiliation et dans son exaltation, soit qu'il vienne pour souffrir ou qu'il vienne pour régner.
Jac.1.23,25 ; 1Cor.13.12 ; 2Cor.3.18

Christiana alla donc trouver les Bergers en particulier, (dont voici les noms : Connaissance, Expérience, Vigilant et Sincère et leur dit : j'ai une de mes filles, une femme qui est en voie de prospérité, qui a conçu une envie toute particulière pour une chose qu'elle a vue dans cette maison ; or, elle craint un mauvais succès dans le cas où vous viendriez à lui refuser l'objet de ses désirs.

Expérience Appelle-la ; qu'elle vienne. Pour certain, elle aura tout ce qu'il nous est possible de lui procurer. – L'ayant donc fait venir, ils lui demandèrent ce qu'elle souhaitait. Ici, Miséricorde ne put s'empêcher de rougir : néanmoins elle désigna l'objet, et Sincère ayant compris qu'il s'agissait de la grande glace qui était dans la salle à manger, courut la chercher pour la lui donner, ce à quoi tous acquiescèrent joyeusement. Sur cela, Miséricorde se prosterne et dit après avoir rendu grâce : je reconnais à ceci que je suis l'objet de vos faveurs.

Ils donnèrent en même temps aux autres jeunes femmes, les choses qui pouvaient convenir à leur position, et félicitèrent beaucoup leurs maris de ce qu'ils s'étaient joints à M. Grand-Cœur pour combattre le géant Désespoir et détruire le château du Doute. Les Bergers offrirent à Christiana une chaîne d'or qu'ils passèrent autour de son cou en guise d'ornement ; ils agirent de même envers ses quatre filles. Ils leur mirent encore des boucles aux oreilles et couvrirent leur front d'un précieux joyau.

27

L'APOSTAT

Vaillant-pour-la-Vérité et les voleurs. – L'épée de l'Esprit. – La Foi et le Sang. – Pierres d'achoppement. – Vaillant les surmonte.

Puis, nos pèlerins voulant continuer leur voyage, les Bergers les laissèrent aller en paix, et ne jugèrent même pas à propos de leur donner aucun de ces avertissements que reçurent autrefois Chrétien et son compagnon. La raison en est qu'ils avaient avec eux la présence de Grand-Cœur qui, par cela même qu'il avait une parfaite connaissance des choses, pouvait d'autant mieux les exhorter et les avertir à point nommé, soit même à l'approche du danger. Du reste, les avertissements que Chrétien et son compagnon avaient reçus des Bergers furent sans effet, parce qu'ils les eurent oubliés quand vint le moment où il aurait fallu les mettre en pratique. Tel est l'avantage que nos pèlerins avaient sur les autres en ce point. Ils partirent donc de là en chantant :

> *Sous les yeux du Seigneur poursuivons notre route ;*
> *Nous avons rencontré souvent dans le chemin*
> *De bonnes amitiés... et le Seigneur écoute*
>   *La prière du pèlerin.*
> *Il est à nos côtés, soutient notre courage*
> *Lorsque, par les dangers, il est près de faillir ;*
> *Il nous montre le but de notre long voyage :*

> *Le but, c'est la vie à venir.*
> *Nous marchons par la foi sans craindre la disette ;*
> *Que battus par les vents nous arrivions au bord,*
> *Qu'importe ! le Seigneur commande à la tempête,*
> *Le Seigneur nous attend au port.*

Après avoir pris congé des Bergers, ils se hâtèrent d'arriver à l'endroit où Chrétien avait fait la rencontre de ce Renégat qui avait son domicile dans la ville d'Apostasie. M. Grand-Cœur, leur guide, tira parti de cette circonstance pour les instruire en leur rappelant celui qui avait abandonné le droit chemin, et qui fut condamné à porter sur son dos le stigmate de la rébellion. Ce que je puis vous assurer touchant cet homme, dit-il, c'est qu'il ne voulait point écouter les bons conseils, et quand il lui arrivait de faire quelque bronchade, il ne se laissait convaincre par personne ; rien ne pouvait l'arrêter dans ses écarts. Quand il fut au lieu où sont la croix et le sépulcre, il avait quelqu'un à côté de lui qui l'exhorta à bien faire attention en cet endroit ; mais il grinçait les dents et frappait des pieds en disant qu'il était résolu de revenir en arrière pour retourner en son propre pays. Il n'était pas encore arrivé à la Porte-étroite, lorsque Évangéliste le rencontra. Ce dernier ayant avancé sa main sur lui, aurait voulu le faire rentrer dans la voie, mais l'Apostat fit résistance, et après avoir maltraité son bienfaiteur, il passa par dessus la muraille, et échappa ainsi de ses mains. Les pèlerins poursuivant toujours leur course, parvinrent jusqu'à l'endroit où Petite-Foi avait été dépouillé de son argent. Il y avait là un homme au visage ensanglanté qui tenait une épée nue dans sa main.

– Qui es-tu, lui cria M. Grand-Cœur ?

– Je suis Vaillant-pour-la-Vérité ; je vais en pèlerinage en me dirigeant vers la cité céleste. Voici, j'ai eu à lutter contre trois hommes qui m'ont attaqué en chemin, et qui auraient voulu que je me fusse soumis à l'une ou à l'autre de ces trois conditions : premièrement je devais faire partie de leur société ; deuxièmement il fallait m'en retourner au pays d'où j'étais sorti, et en troisième lieu, ils me menaçaient de me faire mourir sur-le-champ. Je répondis sur le premier point qu'ayant vécu en honnête homme depuis un certain nombre d'années, je n'avais pas envie de m'associer avec des voleurs pour partager leur sort, et que, par conséquent, ils ne devaient pas compter sur moi. [Prov.1.10,19] Ils me demandèrent alors ce que j'avais à dire sur le second. Je répondis que si je n'avais pas trouvé de graves inconvénients à rester dans le pays que j'avais quitté, je ne m'en serais pas éloigné ; et c'est parce que je ne trouve ni raisonnable, ni utile d'y établir ma résidence que je poursuis ma route de ce côté-ci. Ils me demandèrent encore ce que j'avais à répondre sur le troisième point. – Ma vie, leur dis-je, a été achetée à un trop grand prix pour que j'en fasse le sacrifice sans me soucier de savoir à qui je dois la donner. D'ailleurs, il n'est pas à vous de m'interroger sur le choix que j'ai à faire. Je vous déclare que si vous osez me toucher, ce sera à vos propres dépens. Sur ce, les trois hommes, savoir : l'Extravagant, l'Inconsidéré et le Brouillon s'avancèrent contre moi, et de mon côté, je m'avançai aussi jusqu'à ce que la rencontre eut lieu. Ainsi, une lutte acharnée s'engagea entre moi et eux, un contre trois ! ce qui dura trois heures. Maintenant, vous voyez que j'en porte des marques comme aussi ils en portent des miennes. Ils viennent seulement de partir ; ils ont pris la fuite, et pour peu que votre attention s'y prête, je crois que vous pourrez encore entendre le bruit de leurs pas précipités.

Grand-Cœur : – Mais n'était-ce pas une grande disproportion, trois contre un ?

Vaillant : – Sans doute ; mais le plus ou le moins ne fait rien pour celui qui a la vérité de son côté : « Quand toute une armée se camperait contre moi, » dit un ancien, « mon cœur ne craindrait rien ; si la guerre s'élève contre moi, j'aurai cette confiance, etc. » [Psa.27.3] D'ailleurs, l'histoire rapporte qu'un homme eut une fois à combattre contre toute une armée, et qu'il en triompha. Et puis, voyez combien d'individus Samson tua d'un seul coup avec la mâchoire d'un âne ! [Jug.15.15]

Grand-Cœur : – Mais, comment se fait-il que vous n'ayez pas crié pour que quelqu'un vînt à votre secours ?

Vaillant : – C'est précisément ce que j'ai fait, sachant que mon Souverain est toujours disposé à m'entendre, et à m'accorder son secours invisible. Je me suis adressé à lui, et ce n'a pas été en vain.

Grand-Cœur : – Tu t'es conduit avec dignité. Voudrais-tu me laisser voir ton épée ?

Ici, Vaillant-pour-la-Vérité présenta son épée à Grand-Cœur qui, l'ayant prise dans sa main, l'examina quelques instants, et dit en la lui remettant : cette arme a la véritable marque de Jérusalem.

Vaillant : – En effet, avec une arme comme celle-ci, il suffit à quelqu'un d'avoir un bon poignet pour la tenir, et de l'adresse pour oser défier un ange même, s'il le fallait. Elle ne fera jamais défaut à quiconque sait de quelle manière il faut s'en servir. Son tranchant n'est jamais émoussé. Elle coupe la chair et les os, l'âme et l'esprit. ^(Héb.4.12)

Grand-Cœur : – Vous avez été longtemps à combattre, je m'étonne que vous n'ayez pas succombé à la fatigue.

Vaillant : – J'ai combattu jusqu'à ce que l'épée s'est trouvée adhérente à mon poignet, tellement qu'on eût dit et l'épée et la main animés d'une même vie, comme elles étaient dirigées par une même volonté. C'est quand j'ai vu le sang couler au travers de mes doigts, que j'ai lutté avec plus de force que jamais.

Grand-Cœur : – Tu as bien rempli ton devoir, puisque tu as « résisté jusqu'au sang en combattant contre le péché ; » tu seras des nôtres, et nous cheminerons ensemble, car tu vois que nous sommes tes compagnons.

Sur cela, ils lavèrent ses plaies, et lui offrirent suivant leurs ressources de quoi se rafraîchir. Puis ils se mirent en route.

M. Grand-Cœur avait pour habitude, pendant le voyage, de se mettre à la portée des faibles, et de les encourager par le récit de quelque histoire intéressante ; à cet effet, il jugea à propos d'adresser des questions à M. Vaillant dont la société était pour lui très agréable. (Il faut vous dire qu'il aimait beaucoup à se trouver avec des hommes de sa trempe.) Ainsi, il commença par demander à son nouveau compagnon quelle était sa patrie.

Vaillant : – Je suis du pays de l'Obscurité ; je suis né là, et mes parents y sont encore.

Grand-Cœur : – De l'Obscurité ! N'est-ce pas un pays voisin de la ville de Perdition !

Vaillant : – Vous ne vous trompez pas. Voici maintenant ce qui m'a engagé à embrasser la carrière de pèlerin : Il vint une fois chez nous un nommé Parle-en-Vérité qui nous raconta les aventures de Chrétien, celui qui était venu de la ville même de Perdition. Il nous entretint donc de lui, et nous dit comment il avait renoncé à sa femme et à ses enfants pour s'en aller en pèlerinage. On affirme même, sur un témoignage qui fait autorité, que ce Chrétien a tué une fois un serpent qui s'était glissé dans son chemin pour s'opposer à son voyage, et qu'il est très bien parvenu où il avait l'intention de se rendre. J'appris aussi comment il fut accueilli dans toutes les habitations de son Souverain, surtout lorsqu'il arriva aux portes de la cité céleste ; car, d'après ce que nous disait cet homme, sa réception y fut annoncée au son des trompettes par une multitude d'êtres rayonnant de gloire. Il m'assura même que toutes les cloches de la cité avaient été mises en branle pour saluer sa venue, et que de plus, il lui fut donné des vêtements magnifiques, ainsi que beaucoup d'autres choses de grand prix que je m'abstiens de mentionner ici. En un mot, cet homme me raconta l'histoire de Chrétien et de ses voyages, de telle manière que je sentis mon cœur brûler du désir de marcher sur ses traces ; aussi, il n'y eut ni père ni mère qui pussent me retenir. Je quittai donc tout, et vous voyez que j'ai pu arriver jusqu'ici.

Grand-Cœur : – Vous avez passé par la Porte-étroite, n'est-ce pas ?

Vaillant : – Oui bien ; car le même homme me disait encore que tout cela ne servirait de rien, si nous n'entrions pas premièrement par la porte qui est à l'entrée du chemin.

Vous voyez, dit alors le guide en se tournant vers Christiana, que la nouvelle touchant le voyage de votre mari, et ce qu'il a finalement obtenu, s'est répandue partout.

Vaillant : – Comment ! Est-ce là la femme de Chrétien ?

Grand-Cœur : – Oui ; et voici encore ses quatre fils.

Vaillant : – Eh quoi ! Ils vont aussi en pèlerinage ?

Grand-Cœur : – Certainement. Ils poursuivent le même but.

Vaillant : – Mon cœur s'en réjouit. Quelle joie pour ce bienheureux, lorsqu'il verra entrer dans la cité céleste, ceux qui autrefois refusèrent d'aller avec lui !

Grand-Cœur : – Sans aucun doute, ce sera pour lui une grande consolation ; car, si la joie de s'y trouver soi-même coule de première source, ce n'en est pas moins un bonheur d'y rencontrer sa femme et ses enfants.

Vaillant : – Mais, puisque nous en sommes là, dites-moi, je vous prie, quelle est votre opinion sur ce sujet. Quelques-uns forment des doutes sur la question de savoir si nous nous reconnaîtrons les uns les autres quand nous serons là-haut.

Grand-Cœur : – Pensent-ils qu'ils se reconnaîtront eux-mêmes, ou qu'ils se réjouiront de se voir dans ce lieu de félicité ? Or, s'ils croient pouvoir se reconnaître ainsi, pourquoi ne reconnaîtraient-ils pas les autres, et ne se réjouiraient-ils pas également de leur bonheur. Ensuite, si l'on considère que les parents sont des seconds nous-mêmes, ne peut-on pas conclure avec raison, bien que cet état présent doive cesser, que nous serons plus satisfaits de leur présence que nous ne le serions de leur absence ?

Vaillant : – Bon, je vois où vous en êtes sur ce point. Auriez-vous encore quelques questions à me faire sur les premières aventures de mon voyage ?

Grand-Cœur : – Oui. Est-ce que votre père et votre mère se sont beaucoup opposés à votre projet de voyage ?

Vaillant : – Certainement ; ils ont employé tous les moyens imaginables pour m'engager à rester à la maison.

Grand-Cœur : – Par quels arguments cherchaient-ils à prévaloir sur vous ?

Vaillant : – Ils disaient que le pèlerinage était une vie de fainéant, et que si je n'étais pas moi-même disposé à la paresse, il ne me serait jamais entré dans la tête d'embrasser cette carrière.

Grand-Cœur : – Est-ce que tous leurs discours se bornaient là ?

Vaillant : – Oh ! non ; ils me disaient encore que c'était vouloir s'exposer à de grands périls. Ils me répétèrent à satiété et d'un air d'assurance que la voie dans laquelle s'engagent les pèlerins, est la plus dangereuse au monde.

Grand-Cœur : – Cherchèrent-ils jamais à vous expliquer en quoi consiste le danger ?

Vaillant : – Oui ; et pour cela, ils crurent devoir entrer dans de longs détails.

Grand-Cœur : – Rapportez-en quelques-uns.

Vaillant : – Ils me parlèrent du Bourbier du Découragement où Chrétien faillit étouffer ; ils me dirent que des archers se trouvaient dans le château de Béelzébul, toujours prêts à lancer leurs dards contre quiconque viendrait à heurter à la Porte-étroite pour entrer. Ils m'entretinrent de la Forêt, des Montagnes-Obscures, du coteau des Difficultés, des Lions, de même que des trois géants, savoir : l'homme Sanguinaire, le Destructeur, l'Ennemi-du-Bien ; ils médirent encore que le pays appelé la Vallée-d'Humiliation où Chrétien faillit perdre la vie, était infesté par des mauvais esprits. D'ailleurs, ajoutèrent-ils, il faut que vous passiez par la Vallée-de-l'Ombre-de-la-mort où sont les lutins, où la lumière n'est que ténèbres, et où le chemin est couvert de pièges et de trébuchets. Ils parlèrent ensuite du géant Désespoir, du château du Doute, et des malheurs qui avaient frappé les pèlerins en cet endroit. Enfin, ils me dirent que je ne pouvais éviter de passer par le Terroir-enchanté qui est un pays très dangereux, et que par dessus tout cela, j'aurais à traverser un fleuve qui n'a pas de pont, un fleuve qui serait comme un abîme entre moi et la cité céleste.

Grand-Cœur : – Est-ce là tout ?

Vaillant : – Non ; je me rappelle leur avoir souvent entendu dire que ce chemin-ci n'est fréquenté que par des séducteurs et des gens qui s'exercent adroitement à détourner le bon monde de sa manière de faire,

Grand-Cœur : – Qu'ont-ils allégué à l'appui de cette assertion ?

Vaillant : – Ils m'ont dit qu'il y avait un certain Monsieur, appelé le Sage-Mondain, qui s'efforçait de persuader les gens par ses tromperies ; que le Formaliste et l'Hypocrite se tenaient aussi constamment sur la route ; que le Temporiseur, le Beau-Parleur et Démas chercheraient à m'induire en erreur ; que le Flatteur ne manquerait pas de me prendre dans ses filets ; ou bien, qu'avec le pauvre Ignorant, je croirais aller à la porte quand, au contraire, j'y tournerais le dos pour suivre le chemin qui conduit en enfer.

Grand-Cœur : – C'était bien fait pour te décourager. S'en tinrent-ils là ?

Vaillant : – Non ; ils me dirent en outre que plusieurs avaient essayé d'aller en pèlerinage, et qu'ils avaient même parcouru une grande distance afin de voir s'ils pourraient découvrir quelque chose de cette gloire dont on leur avait parlé quelquefois, lesquels s'en étant retournés, devinrent un sujet de dérision parmi les habitants de la contrée. Ils m'en nommèrent quelques-uns qui s'étaient conduits de la sorte, tels que l'Obstiné, le Facile, le Défiant, le Téméraire, le Renégat et le vieil Athée, et bien d'autres encore qui, selon eux, avaient été fort loin dans leurs recherches sans pouvoir en retirer aucun avantage réel.

Grand-Cœur : – Ont-ils persisté longtemps à vous décourager ?

Vaillant : – Oui, ils me parlaient d'un M. Je-Crains, qui était un pèlerin, et qui, d'après le sombre tableau qu'ils m'ont fait de sa vie, ne doit pas avoir passé seulement une heure dans la joie ; d'un certain Défaillant qui serait presque mort de faim, et de Chrétien lui-même (que j'avais presqu'oublié) au sujet duquel on a fait tant de bruit, et qui, suivant leur opinion, devait avoir péri dans les flots du grand fleuve, sans avoir pu obtenir l'immortelle couronne pour laquelle il avait souffert tant de privations.

Grand-Cœur : – Ne vous êtes-vous donc laissé abattre par aucune de ces choses ?

Vaillant : – Non, elles ne me paraissaient que comme des riens.

Grand-Cœur : – D'où vient que vous avez été si ferme ?

Vaillant : – Ah ! c'est que j'ajoutai foi à ce que me dit M. Parle-en-Vérité, et je me trouvai par conséquent bien au dessus de ces considérations.

Grand-Cœur : – Donc, ce qui vous fit remporter la victoire, ce fut votre foi.

Vaillant : – C'est cela même. J'ai cru, c'est pourquoi je me suis mis en chemin après avoir tout quitté ; j'ai combattu tout ce qui s'opposait à mon voyage, de telle façon que j'ai pu parvenir en ce lieu.

28

LE TERROIR-ENCHANTÉ

L'ami du paresseux. – Le chemin difficile à trouver. – Nécessité de lire la parole de Dieu. – L'Insouciant et le Téméraire.

Ils étaient maintenant arrivés au Terroir-enchanté dont l'atmosphère est de nature à vous causer des vertiges, ou à vous endormir. Sur ce lieu croissaient des épines et des chardons. Tout le quartier en était couvert, excepté cette partie dangereuse qui formait un verger, et où, dit-on, personne ne peut s'endormir ou même s'asseoir sans risquer de perdre la vie. Ils continuèrent donc leur chemin en passant au dessus de la forêt. M. Grand-Cœur en sa qualité de guide, se mit à la tête et M. Vaillant-pour-la-Vérité venait ensuite, comme pour servir d'arrière-garde. Cette mesure était nécessaire pour assurer le succès dans le cas où ils auraient eu à combattre un mauvais esprit, un dragon, un géant ou un voleur. C'est ainsi qu'ils marchaient tenant chacun son épée nue à la main, car ils n'ignoraient pas le danger qu'il y avait à se trouver dans un pareil endroit. Ils s'encouragèrent les uns les autres du mieux qu'ils purent. M. Grand-Cœur ordonna que l'Esprit-abattu vînt immédiatement après lui, et que le Défaillant fût placé sous la surveillance spéciale de M. Vaillant.

Cependant ils n'avaient pas encore fait beaucoup de chemin qu'un brouillard et une obscurité profonde vinrent les surprendre, si bien que pour un temps nos voyageurs ne pouvaient plus se reconnaître les uns les autres ; ils en étaient réduits par conséquent à ne pouvoir communiquer entre eux qu'au moyen de la parole, car ils ne marchaient plus par la vue. Les plus forts eux-mêmes se trouvaient dans une situation assez embarrassante ; mais ce devait être encore bien plus pénible pour ces femmes et ces enfants dont le cœur était sensible et les pieds délicats. Il arriva cependant, qu'encouragés par les discours de leur conducteur et de celui qui marchait derrière, ils y mirent de l'entrain et parvinrent à sortir de leur embarras. Il faut vous dire aussi qu'il y avait par là beaucoup de fange et une quantité de broussailles qui rendaient le chemin très fatigant. Ensuite, l'on ne rencontrait nulle part, dans ce pays, une auberge pour pouvoir se rafraîchir. De sorte que quelques-uns des pèlerins étaient comme essoufflés ; d'autres poussaient des soupirs ou faisaient éclater des murmures. Il y en avait qui s'accrochaient à des buissons, tandis que d'autres roulaient dans la boue. Les enfants, par exemple, étaient tout désolés. L'un se lamentait parce qu'il avait perdu ses souliers ; un autre criait : Holà ! je suis tombé. – Eh ! où êtes-vous, s'écriait un troisième. Enfin vous auriez entendu un autre pousser des cris de désespoir, parce qu'il s'était embarrassé dans les buissons au point de ne pouvoir s'en défaire. Quoi qu'il en soit, les pèlerins arrivèrent bientôt dans une riante campagne qui leur promettait du repos et toutes sortes d'agréments ; ils y trouvèrent un treillage couvert de verdure dont les branches entrelacées formaient un magnifique berceau. Il y avait sous ce treillage un pliant où pouvaient s'asseoir commodément ceux qui étaient fatigués. Il y avait aussi des bancs qui étaient arrangés comme tout le reste avec beaucoup d'art. Tout s'y présentait sous un aspect assez attrayant pour que les pèlerins pussent être tentés d'y chercher un abri, dans un moment surtout où ils étaient découragés par les misères qu'ils venaient de rencontrer ; mais ils n'en furent pas moins disposés à continuer leur chemin. Aucun d'eux ne montra le moindre regret de quitter ce lieu, malgré tous les charmes qu'il leur offrait, car, autant que j'ai pu en juger, ils étaient si constamment attentifs aux avis de leur guide qui avait soin de les prévenir de tous les dangers, et de leur en démontrer la nature quand il leur arrivait d'en approcher, qu'ils s'oubliaient eux-mêmes et s'encourageaient les uns les autres à poursuivre leur course. Le berceau s'appelait l'Ami-du-Paresseux, et il était bien fait pour attirer les pèlerins qui, éprouvés par la fatigue, auraient pu être tentés d'y chercher du repos.

Je vis ensuite qu'ils parcouraient des lieux solitaires jusqu'à ce qu'ils furent obligés de s'arrêter sur un point où le voyageur est sujet à s'égarer. Quoiqu'il fût assez facile au guide de distinguer en plein jour le bon chemin des fausses routes, il était pourtant embarrassé dès qu'il faisait obscur ; mais il avait dans sa poche une carte où sont tracés tous les chemins qui ont leur commencement ou leur issue dans la cité céleste. Il se procura donc de la lumière (car il ne voyageait jamais sans porter avec lui les moyens de l'obtenir), et ayant jeté les yeux sur sa carte, il vit qu'à partir du lieu où ils étaient il fallait suivre la ligne qui était à main droite. Eût-il négligé de consulter sa carte, qu'ils auraient été, selon toute probabilité, se jeter dans un bourbier ; car, tout proche de là, dans ce chemin même qui semble offrir au début quelque garantie de sécurité, se trouve une fosse profonde que l'on a remplie de boue avec l'intention de faire périr les pèlerins.

Voyez, me dis-je alors, combien il importe à celui qui va en pèlerinage, d'avoir un indicateur avec lui, surtout dans les endroits difficiles.

Après avoir parcouru une certaine distance dans ce Terroir-enchanté, ils rencontrèrent un autre treillage que l'on avait artistement façonné à côté du grand chemin royal. Sous ce treillage étaient couchés deux hommes, nommés l'Insouciant et le Téméraire. Ceux-ci s'étaient avancés jusque-là dans leur pèlerinage, lorsqu'ayant voulu s'asseoir par suite de la fatigue, ils tombèrent dans un profond sommeil. Dès que nos pèlerins les eurent vus, ils furent saisis de surprise, et baissèrent la tête, montrant par là combien ils s'apitoyaient sur le sort de ces malheureux. Ils commencèrent par se consulter entre eux pour savoir ce qu'il conviendrait de faire en pareil cas. La question se réduisait donc à ceci : Doit-on s'approcher d'eux pour les réveiller, ou bien passer outre et les laisser dormir tranquillement ? Ils en vinrent à cette conclusion qu'il fallait aller auprès d'eux et tâcher de les réveiller. Ils s'exhortèrent à prendre garde à eux-mêmes, de peur que, comme les autres, ils ne fussent tentés de s'asseoir, et de jouir du bien-être que leur offrait ce lieu.

Ils s'approchèrent donc du berceau, et ayant appelé ces hommes par leurs noms, (car il paraît qu'ils étaient connus du guide) ils leur parlèrent fortement. Mais ce fut en vain. Le guide, voyant que ses discours restaient sans réponse, avança sa main sur eux pour les secouer. Ce n'était pas chose facile que de troubler leur repos. L'on entendit enfin l'un d'eux murmurer ces paroles : « Je vous paierai quand j'aurai mon argent. » Sur cela, le guide le prend par la tête et lui donne une autre secousse, ce qui ne produisit pas un meilleur effet. Son voisin, qui dormait aussi profondément, se mit à dire ensuite : « Je me battrai jusqu'à ce que je ne puisse plus tenir mon épée », sur quoi l'un des enfants partit d'un éclat de rire.

– Que signifie donc tout cela, reprit Christiana ?

– C'est qu'ils parlent en dormant, répondit le guide ; si vous les ballottez, si vous leur donnez des coups, et quoi que vous leur fassiez, ils ne vous répondront jamais autrement, ou bien, ils ne savent que répéter ce qu'a dit autrefois un de leurs compagnons, alors qu'il dormait sur le mât d'un navire malgré la fureur des vagues qui venaient battre contre lui : « On m'a battu, et je n'en ai point été malade ; on m'a moulu de coups, et je ne l'ai point senti ; quand me réveillerai-je ? » ^{Prov.23.34-35} Vous savez que lorsque les hommes parlent dans leur sommeil, ils divaguent presque toujours ; en tous cas, leurs paroles ne sont dictées ni par la foi, ni par la raison. Maintenant, ces gens font voir autant d'incohérence dans leurs discours qu'ils se sont montrés d'abord inconséquents dans leur marche. Voilà le malheur de ces insouciants qui vont en pèlerinage ; il y en a à peine un sur vingt qui échappe à la tentation. Vous remarquerez que l'adversaire des pèlerins trouve toujours un dernier refuge dans ce Terroir-enchanté. C'est pour cette raison qu'il est situé, comme vous le voyez, vers la fin du chemin, et c'est aussi ce qui explique pourquoi il a tant de prise sur nous. Voici comment l'ennemi raisonne à cet égard : « Ces insensés ne sont jamais plus désireux de s'asseoir que lorsqu'ils sont éprouvés par la fatigue ; et, peut-il y avoir une circonstance où ils soient vraisemblablement fatigués comme quand ils s'approchent du terme de leur course ? » Voilà pourquoi, je le répète, ce Terroir-enchanté se trouve situé dans le voisinage du beau pays de Beulah, et presque au bout de la route. D'où, il résulte que les pèlerins doivent faire attention à eux-mêmes, de crainte qu'il ne leur arrive ce qui est arrivé à d'autres qui, vous le voyez, se sont tellement bien endormis que personne ne peut les réveiller.

Sur cela, les pèlerins remplis de crainte, manifestèrent le désir d'aller en avant ; ils prièrent seulement le guide d'allumer une lanterne, afin qu'ils pussent, à la faveur de cette lumière, continuer leur route. Il se procura donc de la lumière, et par ce moyen ils achevèrent leur course, quoique par un temps fort obscur. ^{2Pier.1.19}

Cependant, les enfants ne laissaient pas que d'être excessivement fatigués, de telle façon qu'ils en vinrent à supplier Celui qui aime les pèlerins de leur rendre le chemin plus facile. Or, ils avaient à peine fait quelques pas, qu'il s'éleva un vent qui dissipa les brouillards, et l'on vit ainsi le temps s'éclaircir. Ceci eut lieu quand ils n'étaient encore que très peu éloignés du Terroir-enchanté. Ils pouvaient dès lors se reconnaître avec beaucoup moins de difficulté, et distinguer de même plus aisément la voie dans laquelle ils avaient à marcher.

29

DEMEURE-FERME-EN-PRIÈRE

Le monde avec sa vaine gloire.

Ils étaient arrivés presque sur les limites du Terroir-enchanté, lorsqu'un bruit solennel vint frapper leurs oreilles ; c'était comme la voix de quelqu'un qui aurait été dans une grande anxiété. S'étant avancés et ayant cherché de leurs yeux, ils découvrirent un homme qui se tenait à genoux, les mains jointes et les yeux élevés vers le ciel. Il avait l'apparence d'un suppliant en instances auprès de son supérieur. Mais il leur était impossible de se rendre compte de ce que disait cet homme ; toutefois, ils allaient doucement pour ne pas l'interrompre. Dès qu'il eut fini sa prière, il se releva et se mit à courir vers la cité céleste. C'est alors que M. Grand-Cœur l'appelant, lui cria : Holà ! écoutez, l'ami, si, comme je le pense, vous allez à la cité céleste, souffrez que nous allions de compagnie avec vous. – A ces mots, l'homme s'arrête, et chacun s'approche pour le voir. M. Franc qui venait de découvrir sous les traits de M. Demeure-Ferme une vieille connaissance, déclare le reconnaître.

– Qui est-il, je vous prie, demanda Vaillant-pour-la-Vérité ?

– Cet homme, dit-il, habitait autrefois un quartier de mon voisinage, son nom est Demeure-Ferme. On peut certainement compter sur lui comme sur un véritable et bon pèlerin.

Après avoir été présenté à toute la compagnie, Demeure-Ferme s'adressa ainsi à son ancien ami : Vous voici donc, père Franc ? – Oui, m'y voilà, bien aussi sûr que vous y êtes. – Je suis très content, reprit M. Demeure-Ferme, de vous rencontrer sur cette route.

Franc : – Je suis de même très satisfait, moi qui vous ai remarqué quand vous étiez à genoux.

Ici, M. Demeure-Ferme parut surpris et confus à la fois, car le rouge lui monta au visage.

Demeure-ferme : – M'auriez-vous donc vu ?

Franc : – Oui, et cette vue m'était bien agréable.

Demeure-ferme : – Que pensiez-vous alors ?

Franc : – Ce que je pensais ? Je disais en moi-même : En vérité, voilà devant nous un homme en qui il n'y a point de fraude, et je concluais de là que nous devions faire route ensemble.

Demeure-ferme : – J'aurai lieu de m'en féliciter si vous ne vous êtes pas trompé ; mais si au contraire vous avez mal jugé, c'est moi seul qui dois en porter la peine. ^{Prov.9.12}

Franc : – Cela est vrai ; mais cette crainte que vous semblez avoir, ne fait que me confirmer dans mon opinion ; car je suis persuadé que les choses vont bien entre le Prince des pèlerins et votre âme, puisque lui-même a dit : « Bienheureux est l'homme qui est continuellement dans la crainte. » ^{Prov.28.14}

Vaillant : – Eh bien ! frère, voudrais-tu me dire maintenant, je te prie, ce qui a pu t'inciter à fléchir les genoux tout à l'heure ? Te serais-tu imposé cette obligation en raison de quelques faveurs spéciales que tu aurais reçues, ou pour quelque autre motifs.

Demeure-ferme : – Nous sommes, comme vous le voyez, sur le Terroir-enchanté ; or, tout en faisant mon chemin, j'étais à réfléchir sur les périls du voyage, et me disais : Combien en est-il de ceux qui, jadis, se mirent en marche pour venir de ces côtés, et qui toutefois ont fait fausse route et ont péri misérablement. Je pensais aussi au triste sort que beaucoup de nos semblables ont eu à subir dans ces contrées. Ceux qui ont le malheur d'y perdre la vie, ne font pas une mort violente ; le mal qui les conduit si fatalement à leur ruine, n'est pas de nature à les faire souffrir. Pour celui qui s'en va en dormant, le voyage ne lui coûte pas beaucoup de peine ni de sacrifices ; aussi, au lieu de combattre le mal, il s'y abandonne très volontiers.

Franc : – N'avez-vous pas vu deux hommes endormis dans le berceau, dit-il en l'interrompant ?

Demeure-ferme : – Hélas ! j'ai bien vu l'Insouciant et le Téméraire, et je sais bien une chose : c'est qu'ils resteront là jusqu'à ce qu'ils soient réduits à l'état de putréfaction. ^{Prov.10.7} Mais, permettez que je continue mon histoire.

J'étais à réfléchir, ainsi que je vous le disais, lorsqu'il se présenta à moi une personne qui, par l'expression de sa figure était capable de séduire beaucoup de monde, bien qu'elle eût déjà un certain âge. Elle me donna à choisir entre ces trois choses : Son corps, sa bourse, ou son lit.

A vous dire franchement, je me trouvais alors fatigué et assoupi. Je dois vous dire aussi que, quant à la pauvreté, elle me suit partout, ce que la femme enchanteresse n'ignorait sans doute pas. Quoi qu'il en soit, je l'ai repoussée une, et même deux fois ; mais elle s'en arrangeait très bien ; elle ne me ripostait que par des sourires. Je finis par me mettre en colère ; mais elle ne s'en inquiétait pas davantage. Elle me renouvela ses offres avec promesse de me rendre grand et heureux, si je voulais me laisser gouverner par elle ; car, me disait-elle, je suis la maîtresse du monde, et j'ai le pouvoir de faire des heureux. Sur cela, je lui demandai son nom qu'elle me dit être madame Vanité. C'en fut assez pour me tenir encore plus à distance d'elle ; néanmoins, elle continuait à me poursuivre de ses appâts. C'est alors que je tombai à genoux comme vous m'avez vu, et élevant mes mains suppliantes, je me mis à prier Celui qui avait promis de me secourir. Il en est résulté que l'élégante matrone s'est retirée précisément lorsque vous êtes arrivés. Je continuai ainsi à rendre grâce pour cette délivrance. Tout me portait à croire qu'elle n'avait aucune bonne intention à mon égard, mais qu'au contraire elle voulait tâcher de me gagner pour me faire manquer le but de mon voyage.

Franc : – Sans doute, elle avait des mauvais desseins. Mais tenez, tandis que vous parlez d'elle, il me revient que je dois avoir vu son portrait quelque part, ou lu son histoire dans quelque livre.

Demeure-ferme : – Peut-être que vous avez fait les deux.

Franc : – Madame Vanité... N'est-elle pas de haute taille, d'un extérieur éclatant ? N'a-t-elle pas le teint un peu basané ?

Demeure-ferme : – Vous y êtes ; c'est bien la personne dont vous faites le portrait.

Franc : – N'a-t-elle pas un langage très mielleux ? Ne lui arrive-t-il pas de vous lancer un sourire à la fin de chaque phrase ?

Demeure-ferme : – Vous dites encore vrai ; ce sont bien là ses actions.

Franc : – Ne laisse-t-elle pas voir une grosse bourse suspendue à son côté, et n'y porte-t-elle pas souvent la main pour en faire sonner les écus, comme si c'était là le trésor de son cœur ?

Demeure-ferme : – C'est précisément cela. L'eussiez-vous observée de près comme j'ai eu lieu de le faire, vous ne pourriez mieux tracer son signalement, ni décrire avec plus d'exactitude les traits de son caractère. C'est donc un peintre habile qui a tiré son portrait, et celui qui a écrit son histoire, a dit l'exacte vérité.

Grand-Cœur : – Cette femme est une sorcière, et c'est à cause de ses sortilèges que ce terroir est enchanté. Quiconque se laisse endormir sur ses genoux, est aussi insensé que celui qui exposerait sa tête à la hache du bourreau ; et ceux qui se laissent prendre à sa beauté, sont regardés comme les ennemis de Dieu. [Jacqu.4.4 ; Jean.2.14-15] C'est elle qui entretient avec beaucoup de luxe tout ce qui est ennemi des pèlerins. Oui, c'est à son instigation que plusieurs ont abandonné leur céleste vocation. Elle est grande causeuse ; elle a associé ses filles à sa cause, et ne cesse de courir après les pèlerins, s'attachant à chacun de leurs pas, tantôt recommandant, tantôt offrant les avantages de la vie présente. Par ses allures hardies et impudentes, aussi bien que par ses sourdes intrigues, cette effrontée ne craint pas de se mettre en relation avec ses ennemis mêmes pour les séduire. Elle se moque toujours des pauvres, et élève les riches jusqu'aux nues. S'il se rencontre quelque part un individu qui ait beaucoup de talent pour amasser de la fortune, elle ira de maison en maison vanter l'excellence de cet homme : elle aime les fêtes et la bonne chère ; aussi ne manque-t-elle jamais l'occasion de se trouver à une table bien servie ; elle s'annonce dans quelques endroits comme une déesse, de telle sorte que plusieurs l'adorent. Elle a ses lieux et sort temps pour faire des dupes. Par exemple : elle dira, ou bien elle insinuera que les meilleures choses qu'une personne soit capable de produire, ne sont pas comparables aux siennes. Elle promettra à tout le monde d'être la compagne fidèle de leurs descendants à la seule condition qu'ils lui demeureront attachés, et lui porteront beaucoup d'estime. Elle a aussi l'habitude de jeter l'or à pleines mains en certains endroits, et par ce moyen, elle en enrichit plusieurs ; elle ne se lasse pas de recommander ses marchandises, et si elle a des préférences, c'est bien pour ceux qui en tiennent le plus grand compte. Elle offrira des couronnes et des royaumes à quiconque voudra suivre ses conseils ; avec tout cela elle en a conduit plusieurs aux galères, et des milliers d'autres en enfer.

Demeure-ferme : – Oh ! quel bonheur de lui avoir résisté ! qui sait où elle aurait pu m'entraîner ?

Grand-Cœur : – Qui le sait ? personne, si ce n'est Dieu. Mais pour parler d'une manière générale, il est certain qu'elle t'aurait entraîné « dans plusieurs désirs fous et nuisibles, qui plongent les hommes dans le malheur et dans la perdition. » ^{1Tim.6.9.} C'est elle qui excita Absalom contre son père, et Jéroboam contre son Maître. C'est elle qui persuada à Judas de vendre son Seigneur, et qui prévalut sur Démas au point de lui faire abandonner sa sainte vocation. On ne se figure pas tout le mal qu'elle fait : elle suscite des querelles entre gouvernants et gouvernés, entre parents et enfants, entre voisins, entre le mari et la femme, entre l'homme et soi-même, entre la chair et l'esprit. C'est pourquoi, mon ami Demeure-Ferme, comportez-vous d'une manière digne de votre nom, « afin que vous puissiez résister au mauvais jour, et après avoir tout surmonté, demeurer ferme. » ^{Ephes.6.13}

Ce discours produisit chez nos pèlerins une espèce de joie mêlée de crainte ; puis enfin, donnant essor à leurs sentiments, ils se mirent à chanter :

> *Comme le méchant nous assiège !*
> *Sous nos pas se cache le piège ;*
> *Il est partout dans le chemin.*
> *Le tentateur en ses largesses*
> *Étale toutes ses richesses*
> *Pour séduire le pèlerin.*
> *Combien d'entre nous, par ses charmes,*
> *Séduits, ont répandu de larmes,*
> *Puis, repentants, cherché la paix ;*
> *Combien d'autres, par sa malice.*
> *Sont tombés dans le précipice.*
> *Hélas ! pour n'en sortir jamais !*

30

LE PAYS DE BEULAH !

Christiana reçoit un message touchant son prochain départ. – Elle adresse un discours d'adieux à chacun de ses compagnons.

Après cela, je remarquai qu'ils continuaient leur chemin jusqu'à ce qu'ils arrivèrent au pays de Beulah où l'on jouit de la clarté du soleil, la nuit aussi bien que le jour. Ici, ils s'arrêtèrent quelque temps pour se reposer parce qu'ils étaient abattus par la fatigue. Cette contrée n'était plus une terre étrangère pour les pèlerins, et parce qu'il y avait là des vergers et des vignes qui appartenaient au Roi de la cité céleste, ils pouvaient user librement de tout ce qui leur faisait plaisir. Le temps qu'ils consacrèrent au repos, ne fut pas long, car le bruit des cloches et des trompettes qui sonnaient continuellement, leur ôtait toute envie de dormir. Mais ce n'était pas pour eux un bruit désagréable, et ils s'en trouvèrent tout aussi bien que s'ils avaient joui d'un long et profond sommeil. Il y avait parmi les habitants de la Cité des voix sans nombre qui produisaient l'effet d'une musique sacrée. L'un des assistants aurait crié : Voici encore des pèlerins qui arrivent, à quoi un autre répondait : Il y en a un bon nombre qui ont passé aujourd'hui le grand fleuve et sont entrés par la Porte-d'or. – Ah ! ah ! s'écriait un troisième, encore une légion de rayonnants qui viennent de descendre aux portes de la ville, d'où je conclus que d'autres pèlerins sont au bout de leur carrière ; car, les voilà qui vont à leur rencontre jusqu'aux frontières de ce pays, pour les consoler de toutes leurs angoisses à leur dernière heure.

Là-dessus, les pèlerins se levèrent et se mirent à se promener de long en large. Il faut vous dire qu'en ce moment leurs oreilles étaient comme ravies par le charme de toutes ces voix harmonieuses, et leurs regards s'animaient de la beauté des visions célestes. Ici, ils n'entendaient rien, ils ne voyaient rien, ne sentaient rien, ne goûtaient rien, ne respiraient rien qui ne leur fût salutaire ; cependant, lorsqu'ils en vinrent à goûter l'eau du fleuve qu'ils devaient traverser, ils trouvèrent qu'elle était amère au palais ; mais bientôt après, ils reconnurent que cette eau était douce à l'estomac.

Il y avait en cet endroit un registre bien tenu où étaient inscrits les noms de ceux qui allèrent autrefois en pèlerinage, ainsi que la somme de leurs grands exploits. C'est là aussi que les voyageurs avaient l'habitude de s'entretenir relativement au passage du fleuve. L'on rapporte que quelques-uns ont été favorisés par les courants, tandis que d'autres ont été refoulés sur les bords. Il y en a plusieurs qui ont pu le traverser presque à pied sec, et d'autres qui y sont entrés lorsqu'il débordait de tous côtés.

Dans cette contrée, des enfants de la ville allaient cueillir dans les jardins du Roi, des bouquets pour les pèlerins, et les leur présentaient ensuite d'une manière affectueuse. C'est là que croissent « le nard et le safran, la canne odoriférante, et le cinnamome, avec tous arbres d'encens ; la myrrhe, et l'aloès, avec tous les principaux parfums aromatiques. » [Cant.4.14] Les pèlerins avaient coutume de se servir de toutes ces choses pour parfumer leur chambre, et pour oindre leur corps, afin de se préparer ainsi à passer le fleuve quand leur temps serait venu.

Or, tandis qu'ils laissaient couler tranquillement leurs jours dans cette plage, attendant l'heure désirée, le bruit courut dans la ville qu'un messager parti de la cité céleste, venait d'arriver, et qu'il était question d'affaires de grande importance concernant Christiana, la femme de Chrétien le pèlerin. C'est pourquoi on alla la prévenir, et le messager, après s'être informé du lieu de sa demeure, lui apporta une lettre à son adresse dont voici la teneur : « Je te salue, bienheureuse femme ! Je viens t'annoncer que le Maître veut t'appeler à lui, et qu'il compte te voir paraître en sa présence avec des habits d'immortalité, dans une dizaine de jours. » Dès qu'il eut fini de lui lire cette lettre, il lui donna des preuves comme quoi il était bien véritablement envoyé auprès d'elle pour l'avertir à se tenir prête. A cet effet, il lui donna une flèche trempée dans l'amour qui pénétra facilement dans son cœur, et y opéra graduellement de manière à la convaincre de la vérité de son prochain départ.

Quand donc Christiana eut compris que son heure était venue, et qu'elle était de toute la compagnie celle qui devait partir la première, elle appela son guide, M. Grand-Cœur, pour lui dire ce qu'il en était. Ce dernier lui répondit qu'il était fort content d'apprendre cette nouvelle, et qu'il en était tout autant réjoui que si le message avait été pour lui. Elle le pria ensuite de procéder aux arrangements nécessaires pour son départ, et exprima ainsi ses dernières volontés : « Je veux que ces choses se fassent de telle et telle manière, et désire que vous, mes survivants, m'accompagniez jusqu'au bord du fleuve. »

Après cela, elle appela ses enfants, leur donna sa bénédiction et leur dit que c'était pour elle une consolation de voir la marque qu'ils portaient au front, qu'elle était heureuse de les voir en ce moment réunis autour d'elle, et de ce qu'ils avaient gardé leurs vêtements blancs.

Sa tâche étant finie de ce côté là, elle fit appeler Vaillant-pour-la-Vérité : Monsieur, lui dit-elle, vous vous êtes toujours conduit fidèlement ; soyez fidèle jusqu'à la mort, et mon Souverain vous donnera la couronne de vie. Je voudrais vous supplier en même temps d'avoir l'œil sur mes enfants, et s'il vous arrive quelquefois de les voir faibles ou languissants, parlez-leur selon leur cœur. Mes filles, les femmes de mes fils, ont été fidèles, et la promesse qui doit s'accomplir sera leur récompense. Elle donna ensuite une bague à Demeure-Ferme.

Elle fit encore appeler Franc auquel elle dit en le regardant : « Voici vraiment un Israélite en qui il n'y a point de fraude ! »

– Je vous souhaite un heureux départ pour la montagne de Sion, répliqua M. Franc. J'aurais beaucoup de plaisir à vous voir traverser le fleuve à pied sec.

– Que ce soit à pied sec ou sous les eaux dit-elle, il me tarde de partir ; car, quelque temps qu'il fasse, j'aurai toujours le loisir de m'asseoir, de me reposer et de m'essuyer quand je serai là-haut.

Vint ensuite le pauvre Clocheur pour recevoir ses adieux. C'est ainsi que lui parla Christiana : Ta course à été jusqu'ici bien pénible ; mais à la fin ton repos n'en sera que plus doux. Néanmoins, tu dois veiller et te tenir prêt, car le messager viendra à l'heure que tu n'y penseras point.
Matt.24.50

Après lui vinrent M. Défaillant et madame Frayeur, sa fille : Vous devez toujours vous souvenir, avec reconnaissance, leur dit-elle, de la circonstance où vous fûtes délivrés d'entre les mains du géant Désespoir et du château du Doute. Il est résulté de cette merveilleuse délivrance que vous êtes venus jusqu'ici en sûreté. Soyez toujours dans la vigilance et bannissez la crainte ; soyez sobres, et espérez parfaitement jusqu'à la fin. [1Thess.5.6 ; 1Pier.1.13]

Elle dit ensuite à l'Esprit-abattu : Toi qui as failli être la proie du géant Ennemi-du-Bien, ta délivrance s'est ainsi opérée afin que tu pusses vivre à toujours en la lumière des vivants, et que tu eusses pareillement la consolation de voir le Roi. Mais je te conseille de t'humilier de cette disposition qui te porte à craindre et à douter de la bonté de ton Souverain, de peur que tu n'aies ensuite à rougir en sa présence quand il paraîtra.

31

CHRISTIANA TRAVERSE LE FLEUVE

Grand-Cœur et Vaillant s'en réjouissent. – Sommation. – Départ et dernières paroles des pèlerins.

Maintenant, le jour étant venu où Christiana devait passer de l'autre côté du fleuve, la route se trouva remplie de gens qui voulaient la voir s'embarquer. Mais voici que des troupes de chevaux et de chariots venaient de descendre sur le rivage ; ils étaient là attendant son arrivée pour l'accompagner à la porte de la Cité. Elle s'avança donc et entra dans le fleuve en saluant ceux qui l'avaient suivie jusque-là. Ses dernières paroles furent celles-ci : Me voici Seigneur, pour être avec toi et t'adorer !

Lorsque ceux qui étaient venus à sa rencontre l'eurent escortée à perte de vue, ses enfants et ses amis s'en retournèrent. C'est ainsi que Christiana arriva à la porte, et qu'après avoir heurté, elle entra dans la Cité avec les mêmes transports de joie et d'allégresse que ressentit Chrétien, son mari, lorsqu'il y fut introduit quelque temps auparavant.

Les enfants ne la voyant plus, se mirent à pleurer, tandis que MM. Grand-Cœur et Vaillant jouaient harmonieusement sur la cymbale et sur la harpe, tant ils étaient heureux. Puis ils se retirèrent chacun chez soi.

Au bout d'un certain temps, la poste vint encore dans notre ville. Il s'agissait cette fois-ci de M. le Clocheur. Le messager demanda donc après lui, et étant venu le trouver dans sa maison, il lui dit : Je viens au nom de Celui que tu as aimé et suivi, quoique sur des béquilles ; je suis chargé de te dire qu'il t'attend pour souper avec lui dans son royaume le jour après Pâques. Prépare-toi en conséquence pour ce voyage. Il lui donna aussi un signe pour l'assurer qu'il était véritablement envoyé pour cette mission ; car, dit-il, j'ai « rompu le vase d'or, » et dénoué « le câble d'argent. » Eccl.12.1,7

Sur cela, le Clocheur envoya appeler ses compagnons de voyage, et leur dit : Je viens de recevoir à mon tour un message, et pour certain, Dieu vous visitera aussi. – Il désigna ensuite M. Vaillant pour exécuter ses dernières volontés, et comme il ne devait laisser pour héritage à ses successeurs que ses béquilles et de bons souhaits, il dit : Je constitue pour héritier légitime celui de mes fils qui viendra à marcher sur mes traces, auquel je donne et lègue mes béquilles avec les vœux les plus ardents pour qu'il soit trouvé plus digne que moi.

Puis il remercia Grand-Cœur de sa bonté et du service qu'il lui avait rendu. C'est ainsi qu'il se disposa à partir. Quand il se vit au bord du fleuve, il s'écria : Désormais, je n'aurai plus besoin de ces béquilles, puisque de l'autre côté, il y a des chariots et des chevaux. Les dernières paroles qu'on lui entendit prononcer, furent celles-ci : Je te salue, ô vie bienheureuse !

Des nouvelles furent aussi apportées à l'Esprit-abattu. Quant à lui, le messager vint l'appeler au son de la trompette à la porte de sa maison. Il entra enfin chez lui et lui parla en ces termes : Je viens t'annoncer que ton Maître a besoin de toi, et que bientôt tu le verras brillant de majesté. Prends ceci comme signe certain de ce qui va t'arriver : « Celles qui regardent par les fenêtres seront obscurcies. » Eccl.12.3

L'Esprit-abattu fit appeler ses amis pour leur communiquer la nouvelle qu'il venait d'apprendre, et leur dire comment le messager avait fourni une preuve à l'appui de son témoignage. Puisque je ne puis laisser d'héritage à personne, dit-il, que me servirait-il de faire un testament ? Pour ce qui est de l'abattement de mon esprit, je le laisserai volontiers derrière moi ; d'ailleurs, il ne me serait d'aucune utilité là où je vais. Je désire donc, monsieur Vaillant, qu'après mon départ, vous l'enterriez sous un fumier.

Le moment décisif étant enfin venu, il entra dans le fleuve comme les autres. Ses dernières paroles furent celles-ci : O foi et patience, ne m'abandonnez pas.

Il s'était écoulé plusieurs jours depuis le dernier départ, lorsque le

Défaillant reçut aussi l'ordre de partir. Cet ordre qui lui arriva par la voie la plus accélérée, était ainsi conçu : Ô homme sans courage, la présente a pour but de t'avertir de te tenir prêt ; car il faut que tu paraisses dimanche prochain devant sa Majesté, et que tu tressailles de joie en la présence de ton Roi pour la délivrance qu'il t'aura accordée de tous tes doutes. Et pour preuve de ce que j'avance ici, ajouta le messager, les « cigales que je te donne te seront un pesant fardeau. » ^(Eccl.12.5,7) Or, dès que madame Frayeur eut compris ce dont il s'agissait, elle déclara vouloir aller avec son père. Vous savez, dit alors le Défaillant à ses amis, ce que moi et ma fille avons été, et combien nous avons donné de l'embarras à tout le monde dans quelque société que nous nous soyons trouvés ; ma volonté comme celle de ma fille, est que notre défiance et nos craintes serviles ne trouvent jamais plus d'abri chez qui que ce soit ; car, je sais qu'après ma mort, elles ne manqueront pas de se présenter à d'autres. Pour parler un langage plus clair : ce sont des hôtes que nous avons reçus et logés dès notre entrée dans le pèlerinage, et depuis lors nous ne pûmes jamais les congédier ; ils iront sans doute çà et là demander l'hospitalité, mais pour l'amour de nous, fermez-leur la porte.

Lorsque le signal fut donné pour le départ, le Défaillant se dirigea sur le bord du fleuve en grimpant la montée. Ses dernières paroles furent celles-ci : Adieu, la nuit ! ô jour heureux, sois le bienvenu ! – Sa fille se jeta après lui au milieu du fleuve en chantant ; mais personne ne put comprendre ce qu'elle disait. Quelque temps après, le messager céleste vint frapper à la porte de M. Franc qui s'empressa de lui ouvrir. Il lui délivra aussitôt le message dont il était porteur, et lui lut les lignes suivantes : « Le Seigneur t'invite à te préparer, parce qu'il faut que tu lui sois présenté dans la maison de son Père au commencement de la semaine prochaine. Voici le signe auquel tu reconnaîtras la vérité de ce que je te dis : c'est que « toutes les chanteuses seront abaissées. » ^(Eccl.12.4) Sur cela, M. Franc appela ses amis : Je meurs, leur dit-il, mais je ne fais pas de testament. Quant à ma franchise, elle ira avec moi ; que celui qui doit me succéder se persuade bien de cela.

Lorsque vint le jour où il fallait traverser le fleuve, M. Franc mit ordre à ses affaires, et s'apprêta pour le moment suprême. Il est à remarquer qu'à cette époque l'eau du fleuve passait par dessus ses bords en plusieurs endroits. Mais M. Franc avait eu le soin pendant sa vie de donner rendez-vous à un nommé Bonne-Conscience qui ne manqua pas de se trouver au lieu désigné, afin de lui tendre la main pour l'aider à tout surmonter. Les dernières paroles de M. Franc qui ont été rapportées, sont celles-ci : « La grâce règne ! » C'est ainsi qu'il quitta le monde.

Après cela, on fit courir le bruit qu'une dépêche concernant Vaillant-pour-la-Vérité, venait d'arriver, et l'on rapporta de même que la cruche de ce brave homme s'était brisée à la fontaine, comme signe avant-coureur de ce qui allait lui arriver. ^{Eccl.12.6} Lorsqu'il se fut bien rendu compte de tout cela, il envoya chercher ses amis auxquels il parla de la manière suivante :

– Je m'en vais chez mon Père, dit-il, et, bien qu'il m'en ait coûté beaucoup pour arriver jusqu'ici, cependant je ne suis pas fâché d'avoir eu à endurer tant de maux pour parvenir en ce lieu. Je cède mon épée à celui qui doit me succéder dans le pèlerinage, et pour ce qui est de mon talent et de mon courage, je les laisse à quiconque voudra s'en emparer. J'emporte avec moi la marque des blessures que j'ai reçues comme un témoignage que j'ai combattu pour Celui qui sera désormais ma récompense.

L'heure du départ ayant sonné, il s'avança vers le fleuve accompagné d'une multitude. Puis, se jetant à l'eau, il dit d'une voix accentuée : « ô mort ! où est ton aiguillon ? » Et tandis qu'il s'enfonçait profondément, il s'écria encore : « ô sépulcre ! où est la victoire ? » C'est ainsi qu'il fit son chemin au travers des abîmes, et aussitôt se firent entendre de l'autre côté les sons retentissants de toutes les trompettes.

La même voix céleste vint encore appeler M. Demeure-Ferme, celui que les pèlerins avaient vu à genoux sur le Terroir-enchanté. Par exception, la lettre lui fut remise décachetée. D'après le contenu de cette lettre, il devait se préparer sans retard pour un changement de vie, vu que son Maître ne pouvait consentir à ce qu'il restât plus longtemps absent de sa maison. Cette nouvelle eut pour effet de faire naître bien des réflexions dans l'esprit de M. Demeure-Ferme. Certainement, lui dit le messager, la chose est ainsi ; et vous auriez tort d'élever le moindre doute sur la sincérité de mon ministère. Voici du reste une marque infaillible de la vérité : « C'est que la roue s'est rompue sur la citerne. » ^{Eccl.12.6} C'en fut assez pour que Demeure-Ferme fît appeler Grand-Cœur auquel il parla ainsi : Monsieur, il n'entrait sans doute pas dans les vues de la Providence que je jouisse longtemps de votre bonne société ; je puis dire cependant que mon séjour auprès de vous m'a été très avantageux. Lorsque je quittai ma terre natale, je laissai derrière moi une femme et cinq enfants ; permettez donc que je les recommande instamment à votre sollicitude, afin que quand vous serez de retour au pays (car je sais que vous irez de nouveau pour vous employer au service de votre Maître, avec l'espoir de vous rendre utile à quelques autres pèlerins dans leur sainte vocation), vous envoyiez auprès de ma famille pour l'informer de tout ce qui me concerne. Vous lui feriez connaître mon heureuse arrivée dans ces parages, et le bonheur dont je jouis actuellement. Parlez-leur à tous de Chrétien, et de Christiana, et leur racontez comment cette dernière a marché, de même que ses enfants, sur les traces de son mari. Dites-leur enfin quelle fin glorieuse elle a eue, et dans quel beau pays elle est entrée. Je n'ai rien, ou peu de chose à envoyer à ma famille, si ce n'est mes prières et mes larmes, qu'il vous suffira de leur présenter afin de voir s'ils ne se laisseront pas gagner par elles.

Quand Demeure-Ferme eut réglé toutes ses affaires, voyant qu'il fallait se hâter pour le départ, il se dirigea vers le fleuve. En ce moment l'eau était parfaitement calme. Notre pèlerin entra tranquillement dans le fleuve, et s'étant avancé à moitié chemin, il s'arrêta court pour porter encore une fois la parole à ceux qui l'avaient accompagné : Ce fleuve, leur cria-t-il, a été pour quelques-uns un sujet de terreur ; l'idée que je m'en faisais autrefois, m'a souvent troublé moi-même. Maintenant, mon expérience suffit pour vous montrer que l'on peut facilement s'y tenir debout ; je sens la terre ferme sous mes pieds, comme autrefois les sacrificateurs quand ils s'arrêtèrent au milieu du Jourdain portant l'arche de l'alliance tandis qu'Israël traversait ce fleuve. [Jos.3.17] A la vérité, les eaux en sont amères au palais, et froides à l'estomac ; mais le sentiment de ma haute destinée et du bonheur qui m'attend sur sur les rives de l'éternité, est comme un charbon allumé dans mon cœur. Je me vois au terme du voyage ; mes jours pénibles son finis. Je me rends auprès de Celui qui eut la tête couronnée d'épines et le visage couvert de crachats. Autrefois, je vivais sur parole et par la foi ; maintenant, je vais là où l'on vit par la vue, et où j'aurai la présence de Celui qui fait mes délices. J'aimais à entendre parler de mon Seigneur, et toute mon ambition sur cette terre était de découvrir partout l'empreinte de ses pieds pour y mettre les miens. Son nom était pour moi comme une boîte d'aromates ; oui, et plus doux que les plus excellents parfums. Sa voix était une mélodie pour mon âme, et sa face m'était plus précieuse que la lumière même du soleil. J'avais soin de recueillir ses paroles pour m'en nourrir habituellement, et pour me ranimer quand le découragement venait me prendre. Il m'a soutenu et m'a délivré de mes iniquités ; il a même affermi mes pas dans ses sentiers.

Pendant qu'il tenait ce discours, je vis que son visage changea tout à coup ; « son homme fort venait de plier sous lui ; » puis il s'écria : « Prends-moi, car je viens à toi, » et ses amis ne le revirent plus.

C'était une scène glorieuse à voir que celle qui se présenta alors aux regards attentifs : la région supérieure était remplie de chevaux et de chariots, de trompettes et de musiciens qui jouaient sur toutes sortes d'instruments, et qui faisaient retentir les airs de leurs cantiques ; tous les habitants des cieux se trouvèrent là pour accueillir les heureux voyageurs, et s'en aller ensuite jusqu'à la belle porte de la Cité.

Quant aux enfants de Chrétien, les quatre jeunes gens que Christiana avait amenés avec leurs femmes et leurs enfants, je ne pus attendre de les voir partir, des affaires m'ayant appelé ailleurs. Depuis mon retour j'ai eu occasion de m'assurer qu'ils étaient encore en vie, d'où je conclus que leur présence était nécessaire ici bas pour l'accroissement de l'Église pendant un certain temps.

Si le sort m'appelait à faire encore ce voyage, je pourrais entretenir mon lecteur de choses que je passe ici sous silence. En attendant, je prends congé de lui en le saluant.

Copyright © 2020 par FV Éditions
ISBN Ebook : 9791029910302
ISBN Livre broché : 9798563904842
ISBN Livre relié : 9791029910319
Tous Droits Réservés

Également Disponible

Le Voyage du Pèlerin

www.ingramcontent.com/pod-product-compliance
Lightning Source LLC
LaVergne TN
LVHW042249070526
838201LV00089B/79